LA LIGA DEL HORROR

CAPÍTULO 1: "PERVERSA"

LA LIGA DEL HORROR

CAPÍTULO 1: "PERVERSA"

Tao Mijares

© Tao Mijares, 2019
© Tintero Publishing, 2020
Primera edición: Agosto 2020

Tintero Publishing, LA.

www.tinteropublishing.com

Depósito Legal: TXU-2-174-488

ISBN: 9781735200705

Ilustración de Portada "Asmodeus" por *Valeria Mijares*

Impreso en Estados Unidos de América

SUMARIO

A mi hija, nacida con el terror en las venas.

AGRADECIMIENTOS

A mi familia, esos cómplices indispensables.

A mi hermana Gaby, incansable y perseverante.

A Connie Schulte, por todos los retos, la confianza y las oportunidades.

Y especialmente a la persona, sin quien este proyecto aún estaría en un cajón.

Gracias a todos.

PREFACIO

Nunca es fácil para el propio autor, hablar de su obra. Dictado por la imperiosa necesidad de poner, a quien amablemente lee esto, en contexto para lo que está a punto de iniciar, me permito escribir estas líneas a manera de prefacio.

La presente novela inaugura la saga de *"La Liga del Horror"* y esperamos que sea la primera de una muy larga serie, hasta que ustedes lo decidan o se me acaben las ideas. La cuestión es que atestiguarán, cada uno de quienes sostienen este libro en sus manos, (virtual o físicamente) el origen de esta epopeya horrorífica.

Sin querer adelantar en lo absoluto parte alguna de la trama, resta decir simplemente, que el universo en el que están a punto de sumergirse quienes nos bendigan con su lectura, se ubica a finales de 2019, como macabra coincidencia y a manera de profecía involuntaria, de lo que resultaría en el parteaguas más extraño, grotesco e irónico de la historia moderna de la humanidad.

Queda entonces la promesa necesaria por mi parte, de que, una vez concluido este primer capítulo de *"La Liga del Horror"* insertaré la pandemia y su respectiva cuarentena, en los recovecos del capítulo dos.

Disfrute pues, gentil lectora, lector, fundamentales para la supervivencia de esta saga, de *"PERVERSA"*, el capítulo del que nace, entre gritos y gemidos terribles, ***LA LIGA DEL HORROR.***

¡Mucha Luz!

Tao Mijares

"Lupus est homo homini."

(El hombre es el lobo del hombre)

-Plautus

EPISODIO 1

"EL ASCENSO"

Había llovido muchísimo esa noche. La mañana siguiente estaba, por lo tanto, llena de humedad por todos lados; charcos en las orillas de las calles, jardines con áreas casi anegadas a través de las cuales, la hierba asomaba sus puntas. Una brisa que soplaba cada vez más fuerte provocaba olas en miniatura en las calles semi inundadas. El cielo seguía lleno de nubes de diferentes tonos de grises lo que confería un aire aterradoramente nostálgico al ambiente.

Eran los primeros días de octubre de aquel trágico 2019 y a pesar de apenas haber iniciado el otoño, el frío reinante era más bien invernal; quizá trastornos del cambio climático.

Isabelle salió abrigada de su departamento en el noroeste de Los Ángeles, muy cerca de Highland Park. Su respiración agitada se notaba en el vaho que emergía de su boca como bocanadas de misterio. La bufanda color rojo sangre que se enroscaba un tanto apretada en su cuello blanquísimo y frágil, contrastaba con aquellos hermosos ojos azules, tan intensos que, la verdad sea dicha, daban un poco de miedo. Pero su rostro era afable. El de una mujer a los veintitantos años. Y sí, podría decirse que era bella. Su cabello, de ese rubio que es más bien popular en los países bálticos y no tanto en Norteamérica, se bamboleaba a fuer del viento, ya no tan tímido de la mañana que comenzaba a instalarse poco a poco.

Así pues, Isabelle, susceptible como era al frío, tal vez un poco hasta la exageración, sacó de su bolsa las llaves de su Prius negro, mientras caminaba por la acera y se acercaba a él. Oprimió el pequeño dispositivo y los botones de seguridad de las puertas saltaron como asustados por el sonidito incómodo que acompañaba al proceso de destrabado de los seguros.

Isabelle era una mujer de instintos. Antes de abrir la puerta de su auto, volteó a ver a ambos lados de la acera; de alguna manera quería cerciorarse de que nadie la siguiera; algún miedo ancestral, pudiera decirse. Abordó su coche, encendió el muy silencioso motor. Quería que todo estuviera cómodo, confortable.

No iba a ser un trayecto particularmente largo; iría, como todas las mañanas, de su casa hasta el departamento de policía de Los Ángeles; tomaría la autopista ciento diez que vadea el famoso canal del río de Los Ángeles y en menos de media hora, a lo sumo cuarenta minutos, llegaría a su destino. Lo había hecho casi todos los días por los últimos cuatro años.

LA LIGA DEL HORROR, CAPÍTULO 1: "PERVERSA"

Esa mañana, sin embargo, Isabelle Henderson quería que todo fuera perfecto, por ello se había desayunado una ensalada de sus frutas favoritas, fresas y kiwi; un par de panes tostados como a ella le gustaban, untados de un poco de crema ácida y un chorrito de miel de abeja, por supuesto, orgánica. Un jugo de naranja con mucha pulpa y un café habrían completado su primera comida del día.

Ellen, su madre, una mujer de escasa dulzura, tenía casi sesenta años; su rostro, su mirada y su andar, eran los de una persona mucho mayor, sin embargo. Ambas mujeres se sentaron a la mesa. Isabelle esperaba que la conversación no fuera tan parca como lo era siempre, y se hacía a la idea de que aquella mujer con quien compartía su departamento estaría un poco más contenta esa mañana en particular, así, aunque eso no fuera cierto, al menos en su mente, todo sería, en efecto, perfecto ese día.

Se había dado una ducha excepcionalmente lenta; no había tardado los 15 minutos acostumbrados, no. Se tomó casi media hora; quería sentir el agua recorriendo toda su admirable desnudez; quería acariciar con la esponja rosa cada parte de su cuerpo con una mezcla voluptuosa de placer e higiene. Se había acicalado con esmero.

El maquillaje, sobrio pero llamativo, le acentuaba enrojeciendo discretamente esa boca cuyo color sangre le iba tan bien a su rostro extraordinariamente femenino. Quizá un poco de delineador que resaltara innecesariamente la ya de por sí armoniosa curvatura de los ojos volviendo casi negras las largas pestañas originalmente rubias; algo de polvo para remarcar lo agudo de su nariz simétrica y proporcionada y algún perfume sutil a manera de reclamo.

Así pues, hasta el momento en el que se encontraba ahora, con el auto encendido, ajustando la calefacción, sintiendo como su asiento se reclinaba automáticamente y comenzaba a sonar su canción favorita en el centro de audio del vehículo, todo había salido a la perfección… o así lo creía ella.

El viejo canal de *"Los Angeles River"* le acompañaba, como todas las mañanas en su reflexivo viaje hasta la estación de policía.

Ese día, ya nos ha quedado claro, era diferente.

Luego de tantas jornadas, una tras otra, por fin, habría de conseguir realizar uno de sus más grandes sueños: hacerse con el cargo de jefa del Servicio Forense del Departamento de Policía de Los Ángeles.

Le gustaba el título, se lo repetía en su mente mientras conducía automáticamente. Era todo un logro. Sólo esperaba que le confirmaran el puesto, lo que se suponía sería "un mero trámite" según le habían dicho… pero ¿y si no lo fuera?

Isabelle era joven, atractiva, inteligente, creativa. Se podría decir que lo tenía todo, pero eso sería mentir. Nunca conoció a su padre y Ellen, su madre, se había encargado de mantener la identidad del hombre en un confuso misterio, en una perenne evasiva que no había ayudado en nada al desarrollo de la autoestima de la joven y le había reducido significativamente la confianza en ella misma. El coraje y la voluntad de alcanzar sus sueños, sin embargo, eran más poderosos que todos aquellos impedimentos.

Así pues, la joven llevaba el volante, escuchaba su canción favorita, veía de reojo el paisaje urbano tan conocido, disfrutaba de aquel asiento anatómicamente ajustado a su cuerpo y sentía la tibia caricia de la calefacción de su muy confortable auto mientras luchaba intelectualmente por hacer que su lado luminoso derrotara a aquel lado oscuro y antagónico de las dudas e inseguridades. Con esos pensamientos, el camino a su destino se hizo casi instantáneo. Al fin estaba ahí, frente a las puertas del edificio tan conocido por ella, el Departamento de Policía de Los Ángeles, en el número 100 de la Calle 1.

En ese momento, sin embargo, no lo veía igual, no le parecía el mismo sitio a donde había acudido a trabajar por casi mil quinientos días.

Caminó firmemente hasta el despacho de Karla Estrada.

La historia de Karla Estrada estaba llena de logros profesionales y de tragedias personales. Pero esa era otra historia. Lo que importaba era ella, la directora Estrada, quien conducía los destinos de uno de los cuerpos policiales más importantes de los Estados Unidos y uno de los más famosos del mundo. Una mujer de una belleza latina que escondía un carácter férreo y adusto. A sus cuarenta y tantos años había sabido sortear todos los obstáculos que se le presentaban entre dos mundos casi opuestos: el turbio universo de la política administrativa y el hacer cumplir las leyes dentro el macabro entorno de la criminalidad en una de las urbes más complejas del planeta. Seguramente a esa habilidad de combinar entornos tan dispares y a su capacidad para improvisar soluciones, se debía el éxito de su administración en el cuerpo policíaco.

A ella, Isabelle le debía muchísimo pero aún más le debía, con certeza, al doctor Joseph Lee, en quien había encontrado lo más parecido a un padre que una joven pudiera tener. Erudito en las ciencias forenses, entre muchas otras disciplinas en las que era docto, Joseph

Lee tuvo bajo su tutela a la joven aprendiz de forense creando un vínculo muy cercano tanto profesional como amistoso. Ahora tocaba hacer la correspondiente recomendación ante la jefatura de policía para que lo relevara del puesto.

Isabelle tocó a la puerta de la oficina de Karla Estrada y al entrar y dar cuenta de la presencia de su mentor, se sintió más tranquila; su nerviosismo se redujo considerablemente.

- *"Buenos días"*.

Comenzaba tímidamente Isabelle su entrevista.

- *"Pasa, pasa, Isabelle"*.

Karla Estrada la recibía con firmeza. Le importaba muchísimo dejar claro su rango, especialmente en esas circunstancias.

- *"Hola, Isabelle ¡qué gusto verte, hija!"*

El doctor Lee, por su parte, sentía que su deber era no sólo estar ahí presente, sino inyectar toda la confianza posible a su recomendada. Después de todo, el triunfo de la muchacha sería el suyo propio también.

Isabelle se quedó por un momento como petrificada por el recibimiento sin saber a quién hacer caso primero.

- *"¡Anda, pasa ya, cierra la puerta y siéntate!"*

Siempre tajante, la directora de aquel gran cuerpo policíaco reafirmaba a cada oportunidad que aquellos eran sus dominios, de nadie más.

La joven pasó, no sin cierta inseguridad. Cerró la puerta tras entrar y tomó asiento. La luz que durante todo el verano habría penetrado con brillantez por la ventana detrás del escritorio de Estrada era ahora bastante mortecina por lo que el ambiente era más bien lúgubre.

- *"Doctor, si le parece, iremos al grano ¿OK?"*

La voz de la directora Estrada era casi descortés, pero todos sabían que era una mujer de no muchas palabras, así que el anciano erudito no lo tomó a mal.

- *"¡Por supuesto!"*

- *"Isabelle, como tú ya sabes, el doctor Lee, aquí presente, te ha recomendado como su más brillante discípula y como una excelente candidata para relevarlo en la dirección del departamento de análisis forense que por tanto tiempo y tan exitosamente ha conducido. He revisado cuidadosamente tu expediente y reúnes todos los requisitos académicos y de protocolo, todo eso está bien".*

La directora se tomó su tiempo. Cerró los ojos durante el breve lapso que tardó en hacer a un lado los legajos que contenían toda la información de la candidata al puesto para después abrirlos con una expresión diferente, como pretendiendo ser más humana. Suspiró con un aire de superioridad contenida, de falsa modestia.

- *"Isabelle, me gustaría preguntarte algo más personal ¿por qué habrías tú de reemplazar al doctor Lee? ¿te consideras lo suficientemente capacitada para tan tremenda responsabilidad?"*

Isabelle a duras penas se controló a ella misma, respiró e intercambió miradas con su viejo mentor quien muy suavemente asintió con la cabeza tratando de darle confianza para contestar a tan contundentes cuestionamientos.

- *"No, bueno, si me permite, creo, más bien, estoy segura de ser la persona ideal para el puesto dado que no sólo he aprobado todas las asignaturas con excelencia, sino que además he establecido un vínculo profesional con el doctor Lee, que me ha permitido extender mis habilidades hasta el grado de volverme experta en las áreas forenses correspondientes al programa... y, bueno, creo que incluso mucho más allá de lo meramente curricular así es que..."*

-*"Isabelle ¿puedes o no puedes con la responsabilidad?"*.

Ahora, Estrada empleaba esa rudeza suya para estar totalmente segura, cien por ciento convencida, de que la candidata que evaluaba era la idónea para el puesto.

Isabelle volteó a ver, casi como reflejo, a su maestro, quien luego de una muy breve pausa, volvió a asentir con la cabeza invitando a la muchacha a tener la confianza necesaria para tomar el puesto, pero antes de que pudiera contestar, la directora de la policía apoyó desafiante los codos en su escritorio y se inclinó hacia la joven candidata al puesto, quien de reojo y al darse cuenta de que esta le requería su atención con aquel gesto, volteó de inmediato.

La entrevistadora fijó su mirada penetrante y directamente en los ojos metálicos de la entrevistada; la observaba con toda intensidad.

- *"Isabelle, no te voy a mentir, este trabajo requiere de unas agallas que muchos hombres no tienen. Lo que verás en la vida real durante el desempeño de tu trabajo le revolvería el estómago al más valiente, te enfrentarás a situaciones que no están en ningún manual. Así es que voy a repetirte la pregunta: ¿Puedes o no puedes con esta responsabilidad?"*

Algo desde muy, muy adentro de la joven surgió como respuesta a aquel desafío; era como una fuerza de la que nunca hubiera estado consciente, un poder que le venía de adentro y que, por ese instante, hizo que cambiara totalmente su semblante haciéndolo casi maligno. Apoyó sus codos en el escritorio y se acercó lentamente a Karla Estrada de tal suerte que sus alientos se confundían. Con una seguridad en la voz que ni ella misma reconocía, contestó despacio:

- *"Quiero y puedo con esa responsabilidad"*.

A Karla Estrada le gustó esa actitud, pero no pudo descifrar si había algo de falta de respeto o de desafío en ella. Sin embargo, eso era precisamente lo que hacía falta para ese trabajo.

La jefa de policía se reclinó en su sillón, mullido como correspondía a su cargo y se llevó las manos a la nuca mientras suspiraba largamente. Miró al doctor quien, una vez más, asintió. Luego volteó a ver a Isabelle percatándose de que ya se había acomodado en su asiento, más austero que el de Estrada, tratando de averiguar qué demonios había pasado y cómo era que se había atrevido a hablarle así a la que dirigía los destinos de tan poderoso cuerpo policial.

- *"Muy bien, Isabelle ¡enhorabuena! Eres, oficialmente, la nueva jefa del departamento de análisis forense de la policía de Los Ángeles. ¡Felicidades!"*

La chica volvió a mirar al doctor Lee, y este, de nuevo, asintió suavemente con la cabeza, pero esta vez dibujando una leve sonrisa de aprobación; luego de una pausa, por fin, se decidió a hablar y lo hizo en tono ceremonioso.

- *"¡Excelente decisión, Karla! Por lo visto, ahora sí podré retirarme con tranquilidad. Se queda el departamento en las mejores manos".*

- *"Muchas gracias, doctor, le vamos a echar de menos, no crea que no. Y tú, Isabelle ¡a trabajar! Aquí no tenemos tiempo para celebraciones. Supongo que el doctor Lee y tú tendrán mucho trabajo hoy que es su último día y que es el primero tuyo".*

- *"Entendido, directora".*

La recién ascendida, ahora hablaba ya con su habitual cortesía.

Isabelle y su anciano mentor se dispusieron a salir. Ninguno de los dos esperaba que Estrada se levantara para despedirlos, no era su estilo. Más bien sabían que iba a hacer lo que de hecho hizo: comenzar a revisar unos expedientes.

El doctor salió primero por petición de Isabelle, quien antes de salir del todo, volteó a ver a Karla.

- *"No, bueno, sólo quisiera darle las gracias de todo corazón por la oportunidad; no se va a arrepentir".*

Sin levantar la cabeza y mirándola directamente a los ojos, la directora del departamento de policía se dirigió a Isabelle en tono lacónico.

- *"Eso espero, Isabelle, eso espero. Por favor cierra la puerta al salir".*

Acto seguido volvió a sus legajos sin el más mínimo empacho.

Isabelle salió tratando de contener una alegría que hace mucho no conocía. Una sonrisa casi infantil la delataba, sin embargo.

Jack López era un detective experimentado. Con una madre irlandesa y un padre mexicano, había recibido lo mejor de los dos mundos. Por una parte, era muy empecinado, hasta tozudo, si se quiere. Por la otra, era temerario, actuando al borde de la ley cuando el caso lo ameritaba. Solía decir que las reglas no habían sido hechas para romperse, sino para doblarse "hasta dónde no crujieran, pero dieran de sí".

Isabelle sentía una mezcla de admiración y de atracción hacia él. La diferencia de edades -Jack le llevaba 11 años- y la falta de cariño paterno que la habían marcado toda su vida, lo hacían sumamente intrigante para ella. Claro, tímida en sus relaciones personales como era, había sabido mantener esos sentimientos en la más total discreción, o así lo creía ella.

Justo al momento de cerrar la puerta de la oficina de la directora y llevando contra su pecho los folders con sus notas para la recién y exitosamente terminada entrevista, chocó inevitablemente contra el pelirrojo y forzudo detective López, desparramando toda su carga por el suelo.

- *"¡Lo siento mucho, Jack!"*

Avergonzada, ubicaba con la mirada el paradero de cada uno de sus documentos.

- *"¿Así de mal te fue, Henderson?"*

El tono divertido de aquel hombre dejaba ver que también sabía tomarse la vida por el lado amable. Luego de reírse un poco se acuclilló para ayudar a la muchacha a recoger los papeles del piso.

- *"No, bueno, todo lo contrario".*

- *"¿Te dieron la chamba?"*

Ambos se incorporaron al mismo tiempo quedando sus rostros en una cercanía que invitaba al beso.

- *"¡Sí, sí me la dieron!"*

Como era obvio, la parte latina de Jack emergió en un abrazo apretado que llevaba más carga emotiva que la de un simple colega.

LA LIGA DEL HORROR, CAPÍTULO 1: "PERVERSA"

- *"¡Excelente, Henderson! Esto habrá que celebrarlo ¿no te parece?"*

Isabelle sonrió sin contestar nada. Aunque no era y nunca había sido muy afecta a las reuniones, consideró que esta era una ocasión que lo ameritaba. Sí, definitivamente, había que celebrar su ascenso, aunque fuera algo modesto en su departamento. Prefería eso a cualquier lugar público.

Ese día de trabajo todo transcurrió con normalidad en el departamento de policía, al menos dentro de lo que podía esperarse durante una transición tan importante como la que ocurría entre sus paredes. El doctor Lee acompañó a Isabelle a todas las instalaciones de los diferentes laboratorios forenses de la corporación policíaca. No era que Isabelle no las conociera prácticamente de memoria, pero aquel era el protocolo y tenía que respetarse, esto sin mencionar que era un verdadero orgullo para el erudito presentarle a todo su equipo de trabajo a su ahora ex discípula, convertida en directora de todos ellos.

Jack, como una deferencia, o quizás algo más, se dio el tiempo para recorrer con Isabelle el tour de bienvenida; acompañando al detective estaba su fiel amigo y ex *"partner"*, el sargento Steve Miller, un hombrón de casi dos metros de músculo de poco menos de cuarenta años, cuya herencia afroamericana le confería a la vez respeto y afabilidad. Así, estos cuatro elementos que representaban lo mejor de lo mejor de la policía angelina, entraban a los recintos en donde toda la magia forense ocurría.

Y ahí estaba todo su equipo: Lou Baretta, el simpático experto en dispositivos electrónicos, sistemas de vigilancia y análisis cibernético, un treintañero musculoso cuya barba de chivo, negra y tupida, contrastaba con su piel blanca aceitunada, producto de su herencia itálica. Y ¿cómo no? Como parte esencial de aquel equipo de expertos, estaba la joven especialista en rastros Greta Sanderson quien, con poco más de veinte años, había demostrado no sólo poseer una singular habilidad para rescatar las más mínimas pistas dejadas por todo tipo de criminales en los lugares de los hechos sino también, extraordinariamente capaz de reconocer y asignar a cada delincuente los más diversos "modus operandi".

La oficial Sanderson era bella, no se podía negar, su envidiable cuerpo atlético, su exuberante cabellera color rojo fuego, una piel rosada y unos ojos que podrían ser verdes o color almendra según la luz bajo la que se miraran, le conferían un aire único; pero lo que realmente hacía a Greta Sanderson especial era su desempeño, su pericia y su creatividad; era, a más de todo, risueña y cooperativa, como sus ancestros daneses.

Finalmente, estaban los dos valiosos asistentes: Denisse Vincent y Albert Sciolla, veinteañera la una y rondando la treintena el otro; ambos con entrenamiento general en ciencias forenses.

En fin, podía decirse que se trataba de un verdadero equipo ideal. Todos ellos conocían muy bien a Isabelle, a Jack, al buen Steve y por supuesto, al querido maestro, el doctor Lee; cada uno celebraba con auténtico gusto, el nombramiento de su avezada compañera.

Así pues, había sido un día, si bien interesante, bastante tranquilo; "un día más en la oficina" si se permite la expresión.

Ninguno podría siquiera imaginarse lo que ese otoño les tendría reservado.

Algunas horas más tarde, aquel equipo de profesionales de la ley y el orden se reunían en el apartamento de Isabelle y Ellen. Todos a excepción del anciano doctor, quien se había excusado argumentando compromisos previamente adquiridos.

El lugar no era demasiado grande, pero gracias a un acertado diseño, brindaba la sensación de espacios amplios y bien aprovechados. Espejos colocados estratégicamente y un ventanal que enmarcaba un muy agradable balcón, le daban el toque final aunado a una decoración sencilla, pero del mejor gusto.

La velada transcurría entre vítores y felicitaciones para Isabelle.

Un pequeño pastel que Greta había llevado, bocadillos traídos por Lou y una dosis generosa de buenos vinos cortesía de Jack, completaron el éxito de la pequeña reunión en una atmósfera tranquila y definitivamente cordial, como la que brota entre buenos amigos.

Poco a poco se fueron yendo los invitados hasta quedar solamente el jefe de detectives quien, servicial como era, se acomidió a ayudar a realizar las necesarias tareas de limpieza junto con Isabelle.

En algún momento, surgió una interesante conversación entre los dos compañeros de trabajo.

- *"Y, Henderson ¿qué sigue ahora en tu carrera?"*

- *"No, bueno, pues, si me lo preguntas... me gustaría confesarte algo".*

- *"A ver..."*

Al decir esto, el detective apartaba un plato y tomaba un pequeño sorbo de su copa de vino.

- *"No, bueno, es que, bueno..."*

Isabelle suspiró profundamente antes de continuar.

LA LIGA DEL HORROR, CAPÍTULO 1: "PERVERSA"

- *"No quiero que esto se malinterprete, pero, la verdad, a mí lo que más me apasiona es la investigación policial, es decir, la medicina forense me encanta, pero muy dentro, siempre he querido ser detective".*

La joven dejó de lado unas piezas de vajilla; con cierto nerviosismo, dio un trago a su copa de vino. Luego se recargó en un solo brazo sobre la barra de la cocina, pose que la volvía aún más atractiva y que, definitivamente, escondía un secreto coqueteo hacia Jack.

- *"¿Tú crees que, no sé... podrías entrenarme para la siguiente evaluación?"*

- *"¡Wow! A ver. Tú sabes que debes tener el grado de oficial de policía primero ¿no?"*

- *"Sí, pero indagué un poco y me puedo postular directamente desde mi rango como oficial forense... así es que..."*

- *"OK, entonces ¿quieres incluirte en la próxima evaluación, eh?".*

- *"No, bueno, no es que vaya a deja la jefatura forense, pero creo que podrían complementarse; hacer trabajo de campo y de laboratorio ¿qué te parece la idea?".*

Jack soltó una carcajada que, también y definitivamente, llevaba una buena dosis de flirteo.

- *"Pues ¿qué me va a parecer? ¡Una buena idea!"*

- *"¿En serio? ¿Me ayudarías entonces?"*

- *"¡Claro! Yo te ayudo con mucho gusto".*

Chocaron sus copas de vino y un sonoro *"¡Salud!"* dicho al unísono terminó por sellar aquel pacto.

Después de levantar un poco platos y recoger aquí y allá, Jack finalmente se retiró del apartamento. Quedaron, pues, Isabelle y su madre.

Ellen enjuagaba alguna pieza de la loza que solía usar para ese tipo de celebraciones especiales y la colocaba en el lavavajillas, pero se le veía cansada. Isabelle lo notó.

- *"Mamá, si quieres déjalo, yo termino con eso, ve a descansar".*

- *"¿Estás segura, Isabelle? Todavía faltan algunos platos más por poner en el..."*

- *"Déjalo ¿Sí? No te preocupes. Yo me encargo".*

Con tanta dulzura como podía sentir por su madre, la besó en la frente. Ellen se fue despacio. Su hija la miraba en todo momento mientras se iba perdiendo en el corredor que debería llevarla hasta su alcoba. Incluso comenzó a enjuagar alguna otra pieza de la vajilla, sin apartar ni un solo instante la mirada de la mujer. Lo hizo por un muy largo tiempo.

Isabelle se dio cuenta de que, por alguna extraña razón, la figura de su madre se iba haciendo más pequeña cada vez pero no desaparecía por el corredor. Ahí estaba, cada vez más pequeña, pero no se iba. Algo no estaba bien. ¿Por qué seguía ahí? ¿Por qué no acababa de meterse en su habitación, de irse de su vista? ¿Qué estaba ocurriendo?

La chica necesitó de un gran esfuerzo para extraerse a ella misma de aquella visión. Seguramente estaba muy cansada, después de todo, había sido un día de muchísimas emociones. Sí, eso debía ser.

Logró finalmente voltear la cabeza y fijar la vista ahora en sus manos mientras enjuagaba, ya por más tiempo del necesario, una taza.

Aquello continuaba incomodándole cuando se percató de que lo que salía del grifo no era agua corriente ¡era sangre! ¿Qué? ¿Estaba saliendo sangre de la llave del fregadero? Pero ¿qué estaba pasando? Primero aquella visión de su madre en el extrañísimo corredor y ahora ¿sangre en el lavabo?

Isabelle, instintivamente, cerró la canilla, pero el agua o más bien dicho, la sangre, continuó fluyendo, manchándolo todo, sus manos, la tarja, las demás piezas de la vajilla. Una especie de zumbido grave, sordo, penetrante, acompañaba el fluir de aquel líquido rojo y cada vez más viscoso, que, de hecho, se oscurecía al paso de cada segundo hasta volverse casi tan negro como la desesperanza, como el corredor, como el miedo que le invadía galopante.

Alzó la mirada para tratar de sustraerse de aquellas alucinaciones. Lo único que consiguió fue darse cuenta de que la cocina que unos instantes atrás estaba bien iluminada, bien acondicionada y organizada, se inundaba de una penumbra inquietante, amenazante, aterradora.

Isabelle sentía que estaba perdiendo la razón. El miedo era ya un pavor existencial brotando desde sus mismas entrañas.

Las cosas comenzaron a volverse realmente terroríficas cuando dirigió su mirada al frente, justo a dónde estaba la ventana cuya vista ella siempre había disfrutado tanto y que ahora se tornaba en una suerte de espejo. El reflejo que veía, sin embargo, no era el de ella misma, sino el de una versión maligna de su ser. Sus más oscuros temores, sus más recónditos pensamientos negativos, brotaban en aquel alucinante espejo.

Súbitamente y a resultas de aquella transformación infernal, Isabelle estaba ahora en un sitio completamente diferente. Ya no era su apartamento conocido y confortable, sino un edificio abandonado y escabroso.

Sonidos sordos y continuos revoloteaban por todo el lugar como señal de que algo siniestro se acercaba. Un olor a podredumbre completaba la espeluznante experiencia que la pobre mujer estaba sufriendo.

Su respiración se descontroló por completo. Por más que volteaba a todos lados, no lograba salir de aquel inframundo. ¿Qué estaba pasando? ¿Estaba perdiendo la razón? ¿Habría sido engullida por el mismísimo infierno?

A pesar de que Isabelle, dado su enorme entrenamiento académico, trataba de lidiar de la manera más lógica posible con aquella inverosímil y diabólica experiencia, no lograba retraerse ni por un segundo. No podía dar crédito a lo que estaba viendo, oyendo, sintiendo e incluso oliendo. No podía estarle ocurriendo eso ¡no podía ser esa la realidad!

En un instante de cordura recordó a su madre; tenía que salvarla. Seguramente ella también estaría atrapada en aquel espantoso lugar. Instintivamente se dirigió a dónde, en su más clara suposición, debería estar su habitación pero en el camino, una suerte de ejército de sombras le cerraron el paso. Isabelle retrocedió sólo para darse cuenta de que otros seres, semejantes a nieblas oscuras y absolutamente espantosos, le acechaban en la dirección contraria. La joven corrió hacia la parte media del corredor, olvidándose momentáneamente de buscar a Ellen.

Los pasillos de aquel lugar, decadente, pestilente y nauseabundo, se alargaban y se acortaban sin ninguna razón u orden aparente. Isabelle se desesperaba cada vez más y más.

Súbitamente, en una de las fases de estiramiento del corredor, surgió una puerta; la joven no dudó ni por un instante en abrirla. Una vez adentro, la cerró violentamente y se reclinó de espaldas para evitar que alguien pudiera entrar. Lo que vio, la sorprendió. Era su madre acercándose lentamente. Al principio, no podía distinguirla del todo pues la atmósfera era más bien oscura pero conforme se aproximó, pudo entonces percatarse de que, en efecto se trataba de Ellen pero se le veía mucho más joven y con un aire misterioso. Sonreía con una mueca que denotaba maldad. Sus ojos brillaban en tonos rojizos y fulgurantes.

Isabelle se aterrorizó aún más, si es que aquello era posible y no pudo sino proferir un grito desgarrador. Se volteó hacia la puerta y cuando estaba a punto de abrirla para salir de aquella habitación, recordó las sombras que le aguardaban agazapadas al otro lado. Reunió todas las fuerzas que le quedaban y se giró para encontrarse de nuevo con aquel espectro que aún se desplazaba hacia ella.

De alguna extraña manera, la pared sobre la que se recargaba Isabelle comenzó a deslizarse hacia atrás haciendo el espacio aún más grande. Un haz de luz tenue y macabro cayó sobre la figura siniestra de esa versión más joven pero infernal de Ellen haciendo patente un hecho extraordinario: estaba embarazada y a punto de dar a luz. Isabelle no podía creer lo que estaba viendo. Sólo sabía que estaba, literalmente, entre la espada y la pared, entre la puerta que era su única protección contra aquellas sombras demoníacas que la perseguían y la versión infernal de su madre cuyas intenciones no podía adivinar.

El reflejo de la luz que se cernía sobre Ellen le permitió a Isabelle descubrir que aquel lugar era una especie de orfanatorio, abandonado, derruido, oscuro, tenebroso. Casi al momento, dejó de sentir el impulso y los golpeteos de las sobras tratando de abrir la puerta sobre la que se recargaba con todas sus fuerzas. Eso la tranquilizó un poco. Ese alivio frágil, no le duraría por mucho tiempo.

La mujer embarazada que Isabelle tenía frente a ella comenzó a gritar cada vez con mayor intensidad de tal suerte que sus gritos se convirtieron rápidamente en alaridos, en gemidos de dolor, mortificantes como no los había escuchado nunca en su vida. Parecía, en efecto, que estaba por descargar lo que fuera que llevara en las entrañas. Los quejidos eran cada vez más fuertes y con cada uno, el rostro de la parturienta se desfiguraba hasta el paroxismo. Las mandíbulas se le desencajaban, su expresión era la de un verdadero demonio.

Isabelle intentó convencerse de que aquello era un sueño. Sí, tenía que ser una pesadilla tan vívida, que se confundía con la realidad.

En su mente, y ya de pronto como susurro, se repetía una y otra vez: *"Isabelle ¡despierta! ¡Tienes que despertar! Esto no es más que una pesadilla"*.

Así era ¡tenía que despertar de alguna manera!

Cerró los ojos y los apretó tanto como le era posible; cuando los abrió, la escena no había hecho sino empeorar. La mujer, esa mujer en la que Isabelle apenas reconocía a su madre, había parido. En el suelo, entre las descargas biológicas, líquido amniótico y sangre, yacía el fruto de alguna aberrante cópula diabólica. Era un bebé, sí, lo era. Sin embargo, ese recién engendrado ser, tenía los ojos bien abiertos y la miraba fijamente. Sus pupilas, pequeñas y malignas se clavaban en los ojos de Isabelle sin que ella pudiera hacer nada. Las manitas de aquél recién nacido parecían más garras de murciélago que otra cosa. Su piel era gris, los ojos eran azules, pero de un azul espeluznante, metálico, frío y a la vez ígneo.

La aterrorizada Isabelle, hipnotizada por el ser que se contoneaba como un gusano entre aquellos líquidos viscosos y sanguinolentos, pudo verle más a detalle el rostro. Una vez más, el horror que sentía superaba cualquier exageración. Y es que Isabelle conocía ese rostro, lo había visto antes. ¡Sí! Era ella de recién nacida. Había visto esa cara, que ahora aparecía repugnante, en el álbum familiar. Si bien en la fotografía de su memoria se veía como cualquier bebé y la abominación que se retorcía en aquel suelo asqueroso tenía una apariencia grotesca ¡eran los mismos rasgos! El mismo color de ojos, la misma nariz, la misma boca, hasta la misma forma de la cara. ¡Era ella! ¿Qué clase de pesadilla podía ser aquella?

Las cosas no mejoraron en lo absoluto. La atmósfera se tornaba aún más hostil, más lúgubre y oscura.

Isabelle vio que en un costado de aquella criatura recién parida palpitaba una especie de marca de nacimiento que pulsaba como si tuviera vida propia, como si esa mancha fuera a parir, a su vez, a otro monstruo nacido de aquel ya de por sí monstruoso ser.

Un aire pestilente comenzó a arremolinarse presagiando un desenlace fatídico. De aquella mancha pulsante, en efecto, emergió un demoníaco súcubo. Salió lentamente de entre el llanto atronador de la recién nacida cuya piel se tornaba violácea. Gemía, bramaba y aquel sonido se unía al de su rabiosa madre, y a su vez, esos gritos infernales se unían al del viento feroz que ahora inundaba todo el lugar.

Isabelle no lo pensó dos veces, las sombras que le aguardaban detrás de la puerta no eran nada comparadas con la monstruosidad que ya había salido por completo del costado del bebé-gusano. Abrió la puerta y de inmediato fue recibida por la oscuridad de las sombras. La joven, como pudo, movida por un terror ancestral, primitivo, un horror fundamental, se abrió paso entre aquellos fantasmas de la noche y echó a correr como nunca lo había hecho, dejando atrás a la madre y a la asquerosa recién nacida; dejando atrás el torbellino fétido de aquel orfanato.

De lo que no pudo escapar, sin embargo, fue del tenebroso demonio que había surgido del costado de la cría nauseabunda. La seguía, no importaba cuan rápido moviera las piernas: estaba ahí, a punto de alcanzarla, con una sonrisa enorme, deforme, más una cicatriz infecta que unos labios, que se burlaban en todo momento del esfuerzo que Isabelle ponía en huir.

Era imposible saber cuánto había recorrido del pasillo que se hacía largo y al mismo tiempo se acortaba. Lo cierto es que al final del camino le esperaba otra puerta y de ahí no había escapatoria. Como no despertara de aquella alucinación malévola, ese sería con seguridad, su fin.

Intentó desesperadamente abrir la puerta. Volteaba rápidamente para ver qué tan cerca estaba su verdugo, ese ser engendrado por una marca de nacimiento de una alimaña con pretexto de recién nacida. Ese verdugo-espectro infernal acompañado del pestilente huracán en que se había convertido su correría. Isabelle no podía abrir la puerta por más esfuerzos que hacía. Y lloraba, lloraba de terror, lloraba de una profunda pena, de una tristeza desconocida, lloraba mientras se desplomaba de frente al demonio que estaba ahora a centímetros de ella. Esperaba lo peor, la aniquilación no sólo de su cuerpo sino de su alma.

Sorpresivamente, aquel leviatán de cuya carcajada cruel se desprendía un pútrido aliento, no sólo no acabó con ella, como Isabelle lo hubiera esperado, sino que lentamente y -se podría decir- con cierta gentileza, abrió aquella puerta imposible.

La muchacha, que ya no podía sentir más terror, volteó lentamente. Lo que vio, apenas podría ser descrito con palabras: Se trataba de un artefacto que de alguna manera Isabelle reconoció y que tenía forma de sarcófago maldito. Estaba lleno de púas filosas por dentro, abierto y amenazante como un hocico siniestro, se erguía firme justo detrás de una mujer desnuda, una mujer pasada de carnes, blanca y de cabellera rubia, cuya escasa belleza, si es que alguna vez la tuvo, la había abandonado por completo junto con sus años mozos. No era más que un remedo, ajado y envejecido de lo que alguna vez quizá hubiera sido.

Isabelle se adelantó un poco hasta entrar a aquella habitación aún más macabra que el orfanato de dónde había huido.

Se sentía una tensión creciente. La mujer desnuda comenzó a llorar llena de vergüenza, de espanto, de un miedo infinito. Y la veía. Veía a Isabelle como si le suplicara que la salvara de aquel final preparado para ella. Se cubría con sus manos regordetas y miserables, su desnudez que temblaba junto con cada gemido.

Isabelle se aproximó con la intención de apartarla de ese sitio en el que las puertas de aquel sarcófago prometían despedazarla con sus mil hierros afilados.

Corrió tan pronto como pudo; no se podía permitir no hacer nada por aquella infeliz y miserable desconocida, pero que al fin era la única otra persona reconocible como tal en ese mundo de bestias infernales.

Así, a pesar de su agotamiento, corrió tan pronto como pudo para apartar a la mujer de aquel peligro. Estaba a punto de lograrlo cuando, entre carcajadas diabólicas que rebotaron en sus oídos como balazos del inframundo, el ya gigantesco demonio se adelantó y de un solo ademán cerró las dos puertas del artilugio que, de un golpe, atraparon a la desdichada mujer entre los picos implacables como si de una trampa para ratas se tratara.

Isabelle, ante el estruendo del fatal portazo, se detuvo congelada por el sorpresivo terror llevándose ambas manos a su boca que se abría hasta una extensión desconocida, preparando un grito que se resistía a ser emitido. Acto seguido, en un impulso que le venía desde lo que aún le quedaba de humanidad, gritó y gritó tan fuerte, tan sonoramente que, finalmente, en un movimiento único, se despertó y se incorporó bañada en sudor.

Se despertó, por fin, a la realidad; a la realidad de su apartamento y de su habitación, de su cama y de su cuerpo bañado en frío. Eso era la verdadera realidad: el sudor frío.

Isabelle, aún muy alterada y confundida por la terrible experiencia tomó su celular para ver la hora. La pantalla marcaba tres cuarenta y siete de la mañana. ¿Qué habría pasado en ese lapso entre las nueve o nueve y media de la noche, cuando estaba lavando la vajilla y estas tan altas horas de la madrugada? ¿Cómo llegó a su cama? ¿Por qué no recordaba nada salvo aquella espantosa vivencia?

Estos pensamientos ocupaban su mente cuando su teléfono móvil sonó inesperadamente. Isabelle se sobresaltó, especialmente cuando comprobó que quien le llamaba a esa hora, era Jack López. La chica contestó apresuradamente. La poca calma que había recuperado en sus cavilaciones se esfumó por lo inusual de la llamada.

- *"¿Hola? ¿Jack?"*

- *"Henderson, yo sé que es tarde, pero necesito que vengas cuanto antes. Hay algo que necesitas ver".*

- *"¿De qué se trata, Jack?"*

El corazón de Isabelle se desbordaba. Sentía que algo terrible se escondería en la respuesta del detective.

- *"Necesito que te hagas cargo de procesar una escena del crimen. Por casualidad ¿estás familiarizada con aparatos de tortura, digamos, medievales o algo así?"*

Aquellas palabras resonaron estrepitosamente en la cabeza de Isabelle. No sabía si quería saber lo que le esperaba. El trabajo, sin embargo, era lo primero. Se dijo a ella misma tratando de contener su desasosiego.

- *"No, bueno, de hecho, es una de mis subespecialidades ¿por qué lo preguntas?"*

Como evitando dar respuestas y quizá tratando de ganar tiempo, López sólo contestó lacónicamente.

- *"Entonces necesitas venir de inmediato. Voy a enviarte un texto con la dirección. Ven cuanto antes. Y, Henderson..."*

- *"¿Si, Jack?"*

- *"Será mejor que te prepares para lo peor que has visto en tu vida".*

- *"¿Por qué lo dices, Jack? ¿Jack? ..."*

El grosero sonido de la llamada que se corta fue todo lo que Isabelle recibió por respuesta. Casi de inmediato, el aparato celular vibró entregando el mensaje con la dirección a dónde debía acudir.

Apenas entonces la joven se dio cuenta de que estaba totalmente desnuda. ¿Cómo era posible aquello? Ella jamás dormía así. ¿En qué momento se había metido a la cama sin su habitual y discreta pijama?

Apartó el edredón y las sábanas de su cuerpo para poder levantarse. Un rayo de luna indiscreto pero intrépido, se colaba por entre las densas nubes hasta la ventana de su habitación y desde ahí, se multiplicaba innumerablemente sobre las gotas de sudor que se secaban lentamente sobre su piel. Buscó a tientas su ropa interior, acostumbrando sus ojos a la penumbra familiar de su habitación.

Se asomó por la ventana para saber qué tiempo hacía allá afuera.

Sí, Isabelle era hermosa, bella, se diría, perfecta. La etérea luminosidad de la ciudad que se metía por aquel cristal no hacía sino acentuar su rostro, su cuerpo, su cabello.

Se dio cuenta de que llovía, llovía a cántaros.

Tan pronto como pudo, ubicó unos jeans cómodos y una blusa más bien gruesa. Después de ponerse un par de calcetas se calzó sus botas, las que usaba para el trabajo. Se sumergió en su clóset para encontrarse con un abrigo impermeable verde oscuro y muy robusto; se decidió por una bufanda ocre y una gorra de estambre del mismo color. De otro apartado en su armario, tomó un par de maletines en los que guardaba su equipo de utensilios forenses.

Salió apresuradamente sin hacer el menor ruido. No quiso ir a despedirse de su madre; le daba un terror irracional la idea de encontrarse con alguna sorpresa espeluznante. Se decidió a dejar simplemente una nota sobre el mostrador de la cocina:

LA LIGA DEL HORROR, CAPÍTULO 1: "PERVERSA"

No te preocupes, mamá.

Tuve una emergencia de trabajo.

Te veré por la mañana. Te quiero.

Isabelle.

Salió discretamente del apartamento y echó el candado a la puerta principal. Bajó las escaleras hasta el estacionamiento. *"¡Mierda!"*, se dijo. Había olvidado el paraguas. ¡Ni hablar! No podía entretenerse más.

Agazapándose de la lluvia como le era posible, llegó hasta su auto. Habiendo previamente desenganchado los seguros de las puertas remotamente, se introdujo en su Prius negro, se acomodó rápidamente, abrió el mecanismo de ignición sin encender el motor, programó el GPS, y entonces sí, encendió el motor para después ponerse en marcha.

Los limpiaparabrisas se movían vertiginosamente tratando de apartar del campo visual las multitudinarias y pesadas gotas de lluvia que caían enormes y gruesas como lágrimas gordas de algún dios enfadado.

Para su propia fortuna, Isabelle era una experta conductora; se orientaba fácilmente y conocía prácticamente toda el área de Los Ángeles y sus alrededores. El geoposicionador satelital haría el resto. ¡Un momento! ¿El "Este" de la ciudad de Los Ángeles era a dónde se dirigía? ¡Vaya! Ese no era un buen augurio.

El camino se le hizo corto mientras seguía como automata las indicaciones de la voz cibernética del adminículo guía de tal suerte que en menos de lo que esperaba, había arribado a su misterioso destino. La lluvia no le había perdonado ni un solo tramo del camino.

Un montón de luces rojiazules y blancas saliendo atropelladamente de otro montón de unidades policíales, de paramédicos y un par de camiones de bomberos, le recibieron hasta que Jack, que se escudaba debajo de un previsor paraguas, divisó el conocido automóvil de su colega. Sincronizadamente, Isabelle también reconoció la silueta del detective y se aproximó a él a su ademán.

La lluvia atronaba inclemente por lo que Jack tuvo que gritar a pesar de que Isabelle, que había detenido su vehículo justo al costado de él, había bajado el vidrio de la ventana lo suficiente para escucharle bien.

- *"Henderson, estaciónate de aquel lado, en dónde está la unidad 3 de paramédicos".*

Mientras decía esto, López apuntaba a la zona descrita.

- *"Baja todo tu equipo y prepárate".*

¿Prepararse? ¿Para qué? Isabelle, sin embargo, no dijo nada. En el más cauto silencio subió la ventanilla y condujo hasta el sitio indicado por el detective.

Algo, además de lo obvio, no estaba bien. Lo sentía en el pecho, lo sentía en todo el cuerpo. Estas ideas le ocuparon la mente por lo que no se dio cuenta de todo el proceso de estacionado, apagado del vehículo, descenso de este con todo su equipo y traslado hasta la entrada del edificio en dónde otro ejército de oficiales, paramédicos y demás le aguardaba junto con Jack quien, justo en el umbral del acceso a la instalación, se fumaba nervioso un cigarrillo.

Isabelle observó con gran cuidado; se trataba de una bodega, quizá una fábrica abandonada. ¿De dónde había surgido un edificio así en el corazón del Este de los Ángeles? ¿Cómo era posible que, en medio de tanta urbanidad, hubiera un paraje tan desolado y lúgubre?

De no ser por las múltiples lámparas de trabajo instaladas por el equipo policial y paramédico, así como por las llameantes luces multicolor de los vehículos oficiales, ese páramo industrial estaría prácticamente en la más aterradora oscuridad.

- *"¡Henderson!"*

La voz de Jack la sacó de sus cavilaciones.

- *"¡Sígueme! Por aquí…"*

Mientras decía con voz muy alta estas palabras, arrojaba, resorteando con sus dedos medio y pulgar, la colilla de cigarro a una considerable distancia, algo que solía hacer más que a menudo.

Isabelle, como por impulso, comenzó a caminar hacia el fondo del bodegón. Jack la detuvo con cuanta delicadeza le permitía su carácter más bien mexicano y un tanto rudo, tomándola por el brazo. La chica volteó a verle directamente a los ojos, sorprendida por el ademán del detective.

- *"Henderson, tengo que advertirte algo. Esto es algo verdaderamente jodido como no lo has visto antes; yo mismo jamás me había enfrentado a algo así en toda mi carrera como detective, digamos que ya son grandes ligas del horror, así que ¡prepárate!"*

Isabelle se inquietó aún más, pero no podía permitirse el lujo de demostrarlo, especialmente a Jack.

- *"No, bueno, gracias por la advertencia, pero no te preocupes, estaré bien".*

Comenzaron a caminar y mientras se acercaban cada vez más a la escena del crimen, el corazón de la joven comenzó a latir desmesuradamente, más por el miedo que por el esfuerzo que le representaba cargar con los dos portafolios en los que llevaba todo su equipo forense. El detective lo notó de alguna manera a pesar de todos los esfuerzos de ella por disimularlo.

Jack prefirió no decir ni una palabra más, por ver si así lograba calmarla un poco; la joven se intranquilizó aún más con aquel silencio.

¡Y ahí estaba! Tal y como ella lo suponía. El enorme sarcófago lleno de ilustraciones e ininteligibles inscripciones que sugerían, eso quedaba claro, blasfemias, profanaciones, imágenes procaces y hasta vulgares; pero era idéntico al de la terrible ¿pesadilla? que hacía menos de un par de horas había experimentado.

Isabelle se preguntó ineludiblemente si el contenido de aquel macabro artefacto sería el mismo; intuyó que sí. Interrumpió sus propios pensamientos al ver que todo el equipo forense estaba ahí, aguardando por su opinión experta, esperando a que ella les diera indicaciones sobre cómo proceder ante semejante hallazgo y mientras depositaba los dos pesados maletines en el suelo, rompió el hielo.

- *"¿Alguien ha tocado algo?"*

Jack sonrió con cierta sorna, sarcástico como solía ser cuando estaba nervioso.

- *"Sólo establecimos el perímetro. La pestilencia que sale de dentro nos hizo pensar que era mejor esperar a que tú nos dijeras qué hacer. ¡Nadie quiere tocar la pinche cosa esta!"*

El perfecto entrenamiento de Isabelle le hizo notar de inmediato que unos hilillos de sangre salían de entre las dos tapas de aquel sarcófago lo que hizo que sus ojos se abrieran y sus pupilas se dilataran. Pero el verdadero horror le venía desde dentro; claro que eso sólo ella podía saberlo.

La joven recordó de inmediato que aquello era una copia de un presunto instrumento de tortura supuestamente utilizado en la Edad Media. ¡De ahí le venía el recuerdo durante aquella espantosa alucinación! ¡Por supuesto! Era la temida "Doncella de Hierro". El sólo nombre le helaba la sangre a cualquiera que supiera un poco de la historia de los métodos de tortura humana. Ahí la tenía y esta vez, no era ni una pesadilla ni el resultado de su desbocada imaginación; estaba realmente ahí, recargada cuidadosamente en la esquina de aquella lúgubre bodega industrial abandonada en pleno centro del Este de Los Ángeles.

El poder de la imagen que tenía frente a sus ojos le impedía quitarle la vista. La joven experta forense estaba totalmente absorta en aquella maquinación infernal.

LA LIGA DEL HORROR, CAPÍTULO 1: "PERVERSA"

Jack la observaba. Pero había trabajo que hacer y "Henderson", como la llamaba, tenía que guiarlos durante todo el proceso forense. Después de todo, ella era la recién estrenada jefa del departamento. Tratando una vez más de tranquilizar a Isabelle, se acercó un poco a ella y lanzó un comentario tan casualmente como le era posible.

- *"Henderson, para que estés enterada, Sciolla trató de entreabrir un poco la tapa de la cosa esta y pudimos entrever que al parecer adentro hay una persona, pero está tan herméticamente cerrada que no hubo manera. Lo que sí te puedo decir es que no encontramos ningún signo vital, así es que no quise que comprometieran nada más y abandonamos cualquier intento por abrir la chingadera esta".*

- *"¡Dios mío! Pero ¿Cómo es posible que le hagan esto a una persona?"*

Isabelle temblaba. Por más que intentaba controlarse no lo conseguía del todo. Estaba paralizada por el miedo. El silencio que imperaba en torno a ella le hacía más difícil recuperar la calma.

Una vez más, Jack salió al rescate. La apartó un poco del sitio tomándola por el brazo -esta vez con menos delicadeza- mientras lanzaba al aire un *"discúlpennos un momento, muchachos"* y muy por lo bajo, casi como susurro, intentó una vez más hacerle recuperar la compostura.

- *"¿Todavía quieres ser detective, Henderson? Ya eres la jefa del departamento forense y ya de por sí para eso hay que tener muchos huevos, pero todo se hace dentro del ambiente seguro y controlado del laboratorio. Aquí es otra cosa, Henderson. El trabajo de campo es bastante cruel y requiere de much..."*

Algo muy de adentro de Isabelle brotó sin que ella se lo propusiera. Era esa fuerza que el día anterior le había hecho enfrentarse a la mismísima Karla Estrada y que ya no le era tan desconocida, la que le impulsó a interrumpir el discurso conciliatorio del hosco detective Jack López. Y esa fuerza la transformó súbitamente haciéndole controlarse a ella misma y retomar la compostura. Soltándose del brazo de Jack de un solo impulso le espetó, desafiante.

- *"No, bueno... lo entiendo perfectamente Jack, y ¡por supuesto que quiero ser detective y voy a lograrlo! ¿OK?"*

El hombre se sorprendió muchísimo con aquella reacción inesperada. Al parecer la chica tenía lo que hacía falta para aquel trabajo.

- *"¡Está bueno, Henderson! Entonces esta es la o-casión perfecta para que oficialmente te estrenes como aprendiz de detective..."*

Isabelle, una vez más, dejó al detective un poco con la palabra en la boca pues se adelantó para volver de lleno a la escena del crimen tomando previamente su equipo. Un par de policías levantaron para ella la consabida cintilla plástica amarilla que, en un color negro severo, advertía ***"CRIME SCENE -DO NOT CROSS"*** de tal suerte que la joven envalentonada la cruzó como una verdadera reina que regresaba por sus fueros. Jack la siguió muy digno mientras comentaba en voz más alta para que todo su equipo supiera que él aún mandaba.

- *"... además no hubiéramos podido abrir la mierda esta sin destruirla, ya sabes Henderson, queremos conservar las evidencias tan intactas como sea posible, hay que seguir el protocolo..."*

Isabelle se acuclilló muy cerca y a un costado de "La Doncella de Hierro", puso los maletines en el suelo, cerca de ella, abrió uno y sacó una cámara fotográfica generosamente equipada con todo tipo de lentes y flashes. Poniéndose de pie nuevamente, procedió a fotografiar el objeto maldito y lo hizo desde todos los ángulos y de todos los lados posibles como sólo una verdadera profesional podría hacerlo.

El detective quiso proporcionar toda la información que su joven aprendiz pudiera necesitar para darse una mejor idea del panorama general del caso.

- *"Alguien llamó al «nine, one, one» reportando sonidos extraños procedentes de este lugar ¿Te imaginas, Henderson, un reporte así en este vecindario desolado? Supongo que debieron ser encabronadamente fuertes esos «sonidos» ¿eh?... Entonces ¿tienes alguna idea de cómo se abre esta cosa, Henderson?"*

De nuevo se apoderaba de Isabelle ese nerviosismo escatológico, metafísico. No podía dejar de pensar que todo aquello, de alguna manera, lo había profetizado mientras dormía, en aquella espeluznante pesadilla o lo que fuera que había sido. Le venían a la mente, como martillazos, las imágenes vívidas de cada momento de aquella experiencia demoníaca. Con cada flashazo de su cámara, una imagen horrenda, diabólica. Por ello, estaba segura de que el cadáver que guardaba en su interior aquella copia de "La Doncella de Hierro" sería exactamente como el de la pobre infeliz a quien trató de salvar de las garras del siniestro y nauseabundo demonio. Recordaba el ruido espantoso del cerrarse de las dos tapas del sarcófago infernal y el sonido del crujir de huesos y carnes de la mujer entre las fauces de ese demencial objeto de tortura.

LA LIGA DEL HORROR, CAPÍTULO 1: "PERVERSA"

De nuevo, logró recuperar la cordura. Ya tenía suficiente evidencia fotográfica. Se acuclilló de nuevo cerca de sus dos maletines y depositó en uno de ellos, el que estaba abierto, y con sumo cuidado, la cámara, justo en el lugar de donde la había sustraído; tomó un par de guantes descartables, de látex azul, como lo indicaba el protocolo y se los puso.

Isabelle sentía la mirada escrutadora de todo su equipo. Nada podía, nada debía salir mal. Acuclillada como estaba, observó rápidamente la parte más posterior del sarcófago, hizo un muy breve repaso mental como buscando alguna nota útil en sus recuerdos académicos y sin vacilar, se agachó un poco más de tal manera que su mano pudiera localizar un mecanismo que se encontraba oculto en la espalda del artefacto de tortura. Sin mayor esfuerzo, empujó una pequeña palanca y ¡listo! La tapa frontal de la "Doncella de Hierro" brincó destrabándose. Una abertura de una pulgada dejó escapar un vapor insoportable a carne podrida, a sangre coagulándose, un hedor que hizo que todos, primero la propia Isabelle, retrocedieran instantáneamente ante la amenaza olfativa. Jack no era la excepción, pero en su caso, la fascinación por la inteligencia y la pericia de Isabelle le ganaron a cualquier molestia provocada por el olor mortecino.

- *"¿Cómo carajos hiciste eso, Henderson?"*

- *"No, bueno, estoy familiarizada con «La Doncella de Hierro»"*.

- *"¿La qué?"*

- *"«La Doncella de Hierro», «The Iron Maiden», así se le llamaba a este método de tortura. Esta es una copia perfecta del artefacto"*.

- *"«The Iron Maiden» ¿Así como la banda de rock, Henderson?"*

El detective, completamente fuera de lugar, se rio como un adolescente.

Isabelle contestó con una dosis de fastidio, pues se esperaba un comentario así, pero no de Jack; no le conocía ese lado tan infantil que sin embargo no le desagradaba del todo.

- *"Sí, Jack, igualito al de la banda de «heavy metal», y... no. Bueno, pues para abrirla, sólo hay que accionar el mecanismo que generalmente se encuentra en la parte de atrás de la caja, no es gran cosa. Ahora que, para abrirla completamente, pues sí se necesita más fuerza. Normalmente están bastante apretadas las dos tapas, además, como ya pudimos comprobarlo, adentro está un cadáver que hay que desencajar de las púas metálicas"*.

El detective tomó acción de inmediato; volvía a ser el hombre adulto, diligente y adusto que siempre era, siempre que no se tratara de mostrar su intrínseco chauvinismo ante Isabelle, por quien, indudablemente, sentía algo más que una admiración de colegas.

Tomó un par de guantes reglamentarios del maletín de Isabelle, se los puso y se adelantó con mucho garbo y autoridad.

- *"¡A ver, muchachos! ¡Háganse a un lado y dejenme abrir la porquería esta! ¡Vamos a ver qué hay adentro! ¡Ahí va! ¿OK?"*

Forzudo como era, necesitó de toda su herencia muscular mexicana e irlandesa para, con gran esfuerzo, abrir completamente las dos puertas de "La Doncella de Hierro"; parecía un Sansón contemporáneo apartando las columnas del templo. Isabelle sintió un extraño placer al contemplar a Jack en esa postura hercúlea. Definitivamente, algo mucho más intenso que una admiración profesional.

Una vez abiertas de par en par las dos cubiertas del cofre siniestro aquel, la visión que ofrecían era terrible.

El detective se apartó casi al instante. Isabelle se cubrió con las manos la boca que no podía abrirse más. Todo el personal forense, paramédico y policial, tenía los ojos abiertos hasta la locura y las pupilas dilatadas como canal de parto. Frente a todos ellos, el cuerpo desnudo de una desdichada mujer no mayor de treinta años, con sobrepeso, de piel blanca, rubia y de ojos a-zules, grotesca e inhumanamente sostenido por filosos conos puntiagudos como estalactitas del infierno que la atravesaban indolentes destrozándole todo tejido, toda carne, todo pudor. Alrededor de la base de cada hierro que sobresalía por encima de aquel fantasmagórico y espeluznante cadáver, la piel estaba enrojecida y hasta amoratada mientras que la parte superior de cada punta lucía embarrada de sangre oscurecida y en proceso de coagulación. Sobresalían pinchos ensangrentados por todo su cuerpo. Incluso, del centro de la frente de la desgraciada víctima, justo en el entrecejo, emergía tri-unfante una punta que coronaba la masacre que puso fin a la vida de la infortunada mujer. Pero aquello no era todo. De la boca abierta, otra punta surgía como compitiendo con la que le abría la frente, de una ma-nera tan, pero tan grotesca, que la lengua le colgaba casi desgarrada por un costado en la parte de debajo de la boca en una forma que no permitía saber si el hierro aquel entraba o salía. Los ojos de la infortunada aquella estaban abiertos, detenidos en el tiempo, en su propia desgracia, en su propio terror.

A Isabelle le temblaban las rodillas; era demasiado. ¡Por Dios! ¿Pero qué clase de abominación era esa?

Jack tenía que mantenerse en su posición de líder ante aquel equipo policial-forense. Muy lentamente pudo, no sin esfuerzo y a media voz, articular una frase medianamente inteligible.

- *"¡Dios--mío! ¿Pe-ro—qué—chin—ga—dos—es--es-to?"*

El silencio se amontonaba en aquel pequeño rincón, pero era tan poderoso que opacaba sobradamente los sonidos de aquella noche, de las radiofrecuencias de las patrullas, de los motores de los camiones de bomberos, pero, sobre todo, de los pensamientos desquiciados de Isabelle.

Era obvio quién tenía que quebrar rotundamente aquel imperio del silencio. Con su tono sarcástico que reservaba para aquel tipo de ocasiones, depositó toda la responsabilidad en su joven aprendiz.

- *"Bueno, Oficial Henderson ¡es todo tuyo!"*

Isabelle reinició todos sus rituales forenses. Tomó tantas fotos como era posible, analizó cada rincón del cuerpo desecrado así como de la ahora famosa "Doncella de Hierro". Por un buen rato recolectaría toda la evidencia posible.

Afuera continuaba la lluvia que arreciaba de tanto en tanto y de tanto en tanto la atmósfera se estremecía con un relámpago al que seguía un trueno que, en aquella estructura metálica que era la nave industrial, retumbaba como sonrisa de demiurgo del Hades.

Era tan meticulosa en su trabajo que la hora y media que le llevó aquel procedimiento le pasó casi sin darse cuenta. Una vez que hubo clasificado y guardado todas las muestras necesarias para el análisis forense, se lo comunicó al detective López quien movilizó a dos de sus paramédicos oficiales para la siguiente parte del procesamiento de la escena del crimen; tenían ahora que descolocar aquel despojo humano del sarcófago para su autopsia.

En ese menester nadie mejor que el dúo de asistentes conformado por los aplicados Denisse Vincent y Albert Sciolla.

- *"¡Hey! Vicent, Sciolla, vengan para acá. Necesitamos remover el cadáver; hay que removerlo de… la cosa esta".*

Denisse fue la primera que se apeó seguida por Albert. Definitivamente, era aquella la que tenía más disposición y capacidad de respuesta.

- *"OK, jefe, entonces ¿ya podemos remover el cuerpo?"*

Jack, para corroborar la respuesta que le solicitaba la joven paramédica, volteó hacia Isabelle.

- *"Henderson, ¿estás segura de que ya pueden llevarse el cadáver?"*

Isabelle seguía observando en todas direcciones buscando más pistas. Sabía que un asesinato de aquel calibre, con tanta premeditación, tanta alevosía, tanta maldad, tenía que ser obra de una mente perversa, sí, pero brillante. ¿Qué podría motivar tanta saña? ¿Qué clase de sicópata estaría detrás de aquel homicidio? ¿Qué le habría motivado? ¿Por qué precisamente ese modus operandi?

La voz del detective le interrumpió la serie de preguntas en que se había convertido su diálogo interno.

- *"¿Perdón? Eh, no, bueno, sí, ya he terminado con ello, sí, ya pueden rescatar el cuerpo".*

¿Rescatar? ¿Había dicho "rescatar"? ¿Rescatar de qué si la pobre mujer estaba más allá de cualquier rescate? También al jefe de detectives le pareció extraña aquella expresión, pero no tenía tiempo para detenerse en minucias.

- *"Sciolla, dale una mano a Vincent y procedan a remover el cuerpo".*

- *"¡Claro, jefe!"*

La voz de Albert era suave y servicial. Sí, estaba en su treintena, pero su voz y su prestancia eran las de un adolescente bien portado. Ambos con sus respectivos guantes de látex azul y poniendo un muy especial cuidado en evitar aquellas puntas amenazantes, iniciaron la laboriosa tarea de ir despegando el cuerpo.

Primero desencajaron los brazos. El sonido chicloso de las carnes despegándose del metal le helaría la sangre al más valiente. Como se trataba de una mujer de buena estatura y un buen grado de obesidad, el peso muerto de cada brazo se multiplicaba.

Ahora tocaba el turno a la cabeza. Hizo falta utilizar algunas de las herramientas que suelen destinarse a maniobrar carrocerías retorcidas para completar aquella penosa labor de desensartar el cráneo de las púas asesinas. La masa encefálica crujió por dentro denotando esa humedad viscosa del tejido humano que ha comenzado a podrirse. Cuando al fin pudieron liberar las púas de la frente y de la boca, la cabeza inerte sucumbió al peso de la gravedad y por fin sus ojos se cerraron. ¡Cuánto tuvo que esperar la mujer o lo que quedaba de ella, para recuperar un poco de dignidad cerrando sus párpados para siempre!

Luego intentarían desclavar las piernas. Aquello debía ser como desclavar un cristo, con la salvedad de que esto era aún más asqueroso, más grotesco.

LA LIGA DEL HORROR, CAPÍTULO 1: "PERVERSA"

Las sobradas carnes de los muslos, de las pantorrillas de la desdichada víctima, temblaban con cada impulso por retirarlas de los puntiagudos hierros. Ya era más la labor de un carnicero que la de personal paramédico lo que se estaba desarrollando ahí; ya era necesaria más fuerza bruta que estrategia para completar aquella repugnante tarea. Era como destazar un cerdo, como remover el espinazo de una res que ha pasado por el matadero.

Con muchísimo trabajo lograron poner en libertad las cuatro extremidades y la cabeza de aquel despojo humano. El tronco sería otra historia.

A Denisse se le había ocurrido cubrir las impudicias de aquel cuerpo irreconociblemente humano. Albert y ella, tiraban con tal fuerza para hacer salir el tronco de aquel suplicio que parecía que todavía le dolía a la víctima. Algo debía estar atorado, algún hueso debería estar atascado por el frío metal impune de los aguijones del interior del sarcófago. La chica usaba los brazos de la muerta para empujar hacia afuera; el paramédico, las pesadas piernas. Aquel peso muerto -nunca mejor dicho- se empecinaba en permanecer adherido a las puntas ensangrentadas que se oscurecían conforme el líquido hemático que las recubría se oxidaba, se coagulaba.

Jack López notó lo infructuoso de la tarea. Intentó meter las manos por entre aquellos cinceles filosos para tratar de empujar desde la espalda del obeso cuerpo, pero consiguió poco. Sólo había una persona con la suficiente fuerza para reclamar, de una vez por todas, la presa de aquella maldita "Doncella de Hierro".

- *"Vicent, ve por el Sargento Miller, necesitamos que nos ayude con este maldito cadáver ¡carajo!"*

- *"De inmediato, jefe".*

La esbelta y ágil paramédica tardó más en salir que en regresar acompañada por el enorme hombrón quien corría sujetándose sus múltiples adminículos adheridos a su cinturón y que eran parte de su uniforme policial.

Los relámpagos y los truenos insistían en ser parte de aquella atmósfera del inframundo y acompañaron los pasos veloces de ambos elementos policiales.

La sólida musculatura y la imponente estampa de Steve Miller concordaban a la perfección con su temple, inamovible aún en los casos más aparatosos. Siempre sabía de qué manera evitar impresionarse por una escena del crimen por más impactante que pareciera. Pero aquello, aquello le heló, ya no la sangre, sino todo su ser, su alma, en cuanto lo vio.

LA LIGA DEL HORROR, CAPÍTULO 1: "PERVERSA"

- *"¡Santa Madre de Dios! ¡Pero qué mierdas es esto, Jack?"*

Hablaba con una sorpresa infinita. Tardó un par de minutos en recuperar el aliento. Fue tanta su impresión que tuvo que recargar su cuerpo en sus propios muslos para no desvanecerse. Un par de profundos resoplidos lograron ponerlo erguido de nuevo.

- *"Lo sé, Miller ¡este mundo es una puta mierda! Necesito que nos ayudes a sacarla del pinche aparato ese para practicarle la autopsia".*

- *"¡Wow! ¡Huh! ¡Esto está muy «heavy», compañero! Bueno, voy a necesitar un par de guantes de látex".*

Albert le proporcionó lo necesario al policía y entre los cuatro, con mucho cuidado y a la vez con todas sus fuerzas, pudieron al fin vencer las filosas trampas y liberar el cuerpo. Pero fue tal el impulso que no pudieron evitar que el cuerpo se precipitara hasta el suelo de bruces. El sonido que produjo aquel impacto biológico y seco había superado del todo al chasquido baboso que se había producido al despegar el torso de aquellos clavos gigantescos y cónicos.

Por muy poco, el sargento Miller logró esquivar el cadáver cuya inercia, a resultas de tanta fuerza aplicada por los cuatro elementos policiales, lo impelió hasta el duro y sucio suelo de la nave industrial. Las carnes de la espalda y sobre todo las de las nalgas rebosantes y perforadas, temblaron con aquel impacto que de seguro le había roto lo que le quedaba de nariz.

Isabelle no lo soporto más, se dio media vuelta y se agazapó entre algunos restos de maquinaria tratando de ocultar que vomitaba ¡Sí! Vomitaba, pero vomitaba entre sollozos. ¿Podría soportar esa profesión? Ver caer ese cadáver de forma tan grotesca, tan indigna, tan falta de pudor, era demasiado para ella. Pero tenía que recuperar la compostura. Tenía que.

Los gritos enojados de Jack la devolvieron a su plano profesional una vez más y aunque no estaban dirigidos a ella, el tono urgente y agresivo le proporcionaba la autoridad que necesitaba.

Se limpió los restos de vómito, con el antebrazo para evitar los guantes contaminados -no le quedó más remedio- y se enderezó.

- *"¡Pero ¡qué chingados…! ¡Puta madre! A ver, Steve, Sciolla, ayúdenme a levantar a la pinche muerta esta, ¡chingada madre! Vincent, acerca la puta camilla ¡rápido!"*

La joven se movilizó tan velozmente como le era posible. Odiaba ver a su jefe en ese humor

LA LIGA DEL HORROR, CAPÍTULO 1: "PERVERSA"

- *"¡Aquí está la camilla!"*

- *"¡Esperen!"*

Isabelle, quien se había acercado de nuevo al grupo, se dirigió a todos y a ninguno. Los presentes enmudecieron. La joven aprendiz de detective, con total parsimonia, tomó con su cámara fotográfica tantas imágenes como pudo de la perforada parte posterior de la víctima y lo hizo con total profesionalismo.

- *"¡Listo! Ya pueden subirla a la camilla".*

Con muchísimo trabajo, entre los cuatro pudieron por fin colocar a la víctima en la litera portátil.

Isabelle permaneció inmóvil de pie cerca de ellos durante la maniobra. Todos se tranquilizaron muchísimo una vez que la vieron ahí. La joven forense se acercó y como tratando de redimirse, sacó de su maletín una escobilla y procedió a limpiar del ajetreado cadáver aquel, el polvo y la suciedad que se le había pegado en la cara, en los senos, en la panza voluminosa y en las rodillas. Finalmente, Denisse le restableció toda la dignidad al colocarle una manta blanca que la cubría totalmente.

Jack, una vez recuperado del todo y antes de que se llevaran la camilla con el cadáver a la ambulancia, procedió con el protocolo.

- *"Vincent, no se te vaya a olvidar tomar todos los dactilares, como la mujer fue asesinada desnuda, pues…"*

- *"No hay problema, jefe".*

La muchacha se alejó definitivamente junto con su compañero Albert y la camilla. Se fueron hacia la boca de la sombra que era aquella noche a pesar de sus impertinentes relampagueos.

Quedaría otra titánica tarea, llevarse a la "Doncella de Metal". Isabelle tomó fotos y fotos de aquel artilugio. Ya por dentro, ya por fuera. Después se esmeró buscando algún tipo de huella dactilar. Nada, ni un solo rastro de haber sido manipulada por ser humano alguno.

- *"Jack, no sé cómo decirte esto, pero, no, bueno, no he encontrado ni una sola huella dactilar".*

- *"No te preocupes, en el laboratorio, con más calma algo habremos de hallar".*

El detective no estaba preocupado por encontrar restos forenses. Tenía otro asunto que le ocupaba su mente.

- *"Henderson, ¿alguna idea de cómo carajos metieron esta madre aquí? O sea, si en principio no hay huellas dactilares, ni nada parecido ¿cómo chingados manipularon el artefacto este para meterlo hasta a-quí?"*

Isabelle suspiró tratando de encontrar una explicación satisfactoria. Volteó a ver a todos lados para encontrar alguna pista que le pudiera indicar algo al respecto.

- *"A ver, Jack ¿cómo te imaginas que podríamos sacarlo de aquí?"*

- *"Ese es otro punto complicado. Quizá metiendo la unidad hasta aquí, supongo".*

- *"Entonces es muy probable que quien hizo esto haya metido algún vehículo hasta este punto para depositar «La Dama de Hierro» justo aquí".*

- *"Has encontrado rastros de algún vehículo?"*

- *"No, ninguno".*

Jack, a manera de conjetura, se sumió en un meditativo silencio mientras pensaba que tenía que haber otra manera de hacer llegar aquel objeto macabro hasta ese punto.

Hubo necesidad de utilizar un *"dolly"* de los que, por pura casualidad venían en el camión de bomberos, para desplazar el instrumento de tortura hasta una de las unidades. No hubo manera de hacer pasar ninguno de los vehículos oficiales, ni siquiera la más pequeña patrulla por el reducido portón de aquella bodega abandonada.

Mientras Albert, Steve y tres bomberos, de los más corpulentos, hacían las maniobras necesarias para montar el instrumento de tortura en el carrito, Jack e Isabelle se habían adelantado hasta el umbral del portón de la vieja nave industrial; el detective necesitaba fumarse un cigarrillo para domar, aunque fuera un poco, el nerviosismo que le había quedado como resabio de toda aquella faena tan terrible. Mientras lo hacía, Isabelle tomó coraje para hacerle una confesión.

- *"¿Sabes una cosa, Jack?"*

- *"Sí, ya sé Henderson, es un puto y retorcido mundo este en el que vivimos".*

- *"No, bueno, eso no se discute pero lo que más me impactó no es el homicidio en sí, ni la manera en que fue perpetrado..."*

Jack se sorprendió por los comentarios de su pupila. Dando una profunda fumada a su cigarrillo, volteó a ver a Isabelle con una mirada punzante, penetradora.

- *"¡Henderson, me sorprendes! ¿Qué demonios podría impactarte más? ¿Viste la monstruosidad del mo-*

dus operandi? ¿A quién chingados se le ocurriría esto para acabar con la vida de la pobre güera?"

Isabelle vaciló un poco antes de proseguir ¿era buena idea comentarle a Jack sobre "eso"? ¿Cómo lo interpretaría? ¿La tomaría por loca?

- *"No, bueno, no me malinterpretes, por supuesto que es una monstruosidad, pero lo más curioso es que anoche, justo después de que te fuiste del apartamento..."*

La muchacha no pudo terminar su frase pues en ese preciso instante venían llegando, desde el interior del bodegón, Albert, Denisse, Steve y los tres bomberos quienes con mucho trabajo trasladaban el enorme sarcófago.

De inmediato, Jack "resorteó" la colilla del cigarrillo de la misma manera en la que lo hacía siempre, apretándola contra su pulgar con el dedo medio para lanzarla hasta una distancia imposible. Luego, se aseguró que el herrumbroso portón se mantuviera abierto mientras pasaba el "diablito" con la carga siniestra.

- *"Henderson, no te olvides de lo que me ibas a decir, me interesa mucho".*

El tono de voz de Jack ahora era apresurado.

- *"Sí, claro, no hay problema".*

En realidad, Isabelle se sintió aliviada, aunque no podía dejar de mirar a "La Doncella de Hierro" y a todas sus espantosas inscripciones y dibujos sacrílegos.

Un impulso venido desde muy adentro de su ser la forzó a hacer algo que podría parecer una necedad, una tontería, pero que en realidad rompía con todo el protocolo forense. La aprendiz de detective aún llevaba sus guantes de látex azules puestos, pero a resultas de ese deseo súbito, se quitó uno de ellos, el izquierdo -vale la pena mencionar que Isabelle era zurda- y en un mismo ademán posó su mano directamente sobre la cubierta del sarcófago, rojiza y brillante pero llena de polvo antiguo y maléfico, de rastros de sustancias desconocidas. Y la posó de lleno, toda la palma de su mano en absoluto contacto con aquella superficie antojadiza a podredumbre. Lo que le depararía aquel contacto estaría más allá de toda explicación.

EPISODIO 2

"ASESINO EN SERIE"

Isabelle sintió un ligero golpe que le estremeció todo el cuerpo comenzando por la palma de su mano. Todo a su alrededor era oscuro. Pero no era que se hubiera oscurecido o hubiera ocurrido algún tipo de transformación del ambiente. No. Ella simplemente, ahora, sin ninguna explicación e instantáneamente, estaba rodeada de oscuridad, en una nada negra, infinita.

Lo indescriptible del miedo primigenio que sintió, sin embargo, no le impidió despegar su mano de aquel objeto. ¿O sí? Lo cierto es que la despegó, y pudo ver y sentir cómo ocurría aquello, pero su mano seguía ahí.

Había llegado a algún tipo de universo con leyes diferentes, con una cuántica alterada. Su mano estaba ahí y al mismo tiempo no estaba ya ahí, la tomaba con su otra mano.

El terror subió de nivel ¿Cómo saldría de aquel trance si había sido precisamente el contacto de su mano con "La Doncella de Hierro" lo que había desencadenado su inclusión inmediata en ese extraño mundo paralelo y, al intentar dejar de tocarla, algo que había logrado y no logrado al mismo tiempo, no se había producido cambio alguno? Si bien su mano se quedó tocando aquel objeto, Isabelle pudo recorrer aquel espantoso sitio, desplazándose sin desplazarse en lo absoluto.

De pronto sentía que era sólo su par de ojos, de pronto sentía que era solamente su aliento, su respiración. Ya habían pasado unos segundos, ya había estado ahí por toda la eternidad. ¿Era aquello una especie de maldición? ¿Cómo romper ese hechizo entonces? ¿Por qué le estaba ocurriendo esto precisamente a ella?

Trató de calmar su respiración que era ya un caballo desbocado. Intentó por todos los medios racionalizar aquella experiencia. Su mente, altamente lógica, podría encontrar una explicación a aquel fenómeno, pero ¿cuál?

Mientras luchaba con todas sus fuerzas por mantener la cordura, algo comenzó a ocurrir, una extraña silueta rompía poco a poco con aquella eternidad instantánea. La joven pensó entonces - *"Si algo transcurre, entonces hay tiempo, si hay tiempo, debe haber espacio, si hay espacio, de alguna manera pude llegar a él y si pude llegar a él, puedo salir"*-

Instantáneamente, como parecía que todo sucedía en ese universo alternativo, tuvo a escasos centímetros el espeluznante rostro de su madre, más joven, sí, pero tornada en un demonio horripilante. Y surgía así, de la nada, de ningún sitio. Era una silueta y sin que mediara un solo instante de por medio, era aquella espectral amenaza frente a ella.

Por más esfuerzos que hacía, Isabelle no lograba mantener la cordura. Ningún ser humano podría. Se controló. Algún poder o alguna fuerza sobrenatural le hicieron sobreponerse aún a aquel terror súbito. Ese control le permitió apreciar que ahora, en ese otro "a-hora" súbito, ya no tenía ese infernal rostro frente a ella. Ahora, en otro "ahora instantáneo", su madre llevaba un ser en brazos. Lo podía ver frente a ella. Ahora no; ahora estaba a la izquierda. Ahora tampoco. Ahora a la derecha. Ahora tampoco a la derecha. Ahora estaba por encima de ella; ahora estaba en todas partes. Miles de ojos, miles de caras, miles de rostros a cuál más a-terrador.

Isabelle gritó dándose cuenta de inmediato de que no importaba cuán fuerte lo hiciera ni cuánto esfuerzo pusiera en emitir ese grito, no se podía escuchar abso-lutamente nada. El único resultado, y fue un gran resul-tado, se desprendió de su cerrar de ojos, apretado, her-mético. Al no lograr gritar, los abrió de nuevo y pudo ver que todo había cambiado, otra vez, en un nuevo "ahora".

Su madre, esa versión más joven pero totalmente maquiavélica, depositaba a ese bebé, que Isabelle pudo deducir era ella misma, en el suelo de la nada.

Otra vez, ese nuevo acontecimiento, se repetía a su derecha, luego ya no sino a su izquierda, luego abajo, luego, encima, luego allá, luego acá. ¡Nooooooo! Esto tenía te terminar.

Volvió a cerrar los ojos pues era lo único que parecía funcionar en ese espantoso mundo sin lógica, y entonces, al abrirlos, pudo estar en un nuevo "ahora". Su madre se alejaba dejando tras de sí al bebé que era ella y se alejaba. Se alejaba con una sonrisa infinitamente malvada. La podía ver alejarse frente a ella, pero a la vez lateralmente, luego desde arriba, luego desde atrás, y al mismo tiempo, veía a la bebé que era ella y quería correr a rescatarla, pero no podía; se movía, pero no avanzaba, no llegaba a ninguna parte. Y la bebé lloraba, y su madre sonreía con sorna, con una malicia desconocida e Isabelle no podía entender ese mundo, ni como había llegado a él y ni mucho menos, cómo podría salir.

Cerró de nuevo los ojos para intentar cambiar ese "ahora" y lo que consiguió fue tener a la madre huidiza en todos los sitios, a la bebé que era ella y que debía rescatar, en todas partes y a ella misma, corriendo velozmente hacía ninguna parte.

El único "evento" si se le podía llamar así, que rompía la eternidad monótona e infinitamente repetida, era el brotar, justo de la nuca de su madre, de otro ser, quizá otra versión de aquel bebé que era ella misma y que lloraba y que tenía que rescatar, pero este emergía horrorífico, poderoso y con una sonrisa absolutamente amenazadora que se multiplicaba y con todos los planos con los que se multiplicaba, se desdoblaba aquel infinito número de universos simultáneos.

No podía más, no tenía fuerzas, era demasiado. Sólo atinó, derrotada, a cerrar una vez más los ojos, dispuesta a morir para siempre. Antes de abrirlos, como por instinto, tuvo el tino de voltear, aún con los ojos cerrados, hacía donde originalmente hubiera estado su mano tocando aquel maldito objeto de tortura, algo de lo que se arrepentía totalmente.

Cuando abrió los ojos, el sonido de un trueno y el olor de la lluvia, le dieron la bienvenida al mundo real, "real". Ahí estaba su mano, tocando "La Doncella de Hierro"; ahí estaba Jake tomándola por el brazo, los paramédicos, la noche, el crimen.

Bendijo toda esa realidad y respiró con un respiro que duró la infernal eternidad de la que había, no sabía cómo, logrado escapar.

El grito preventivo de Jack le sacó de sus cavilaciones y le permitió darse cuenta que ni dos segundos habían transcurrido desde el instante en el que posó su mano sobre aquel siniestro instrumento de tortura y el momento de la reacción del detective.

- *"Pero ¿qué haces, Henderson? ¡Quita la mano de ahí! ¿Te has vuelto loca?"*

- *"¿Eh? ¡Ah! ¡Perdona, Jack!"*

"En realidad", Jack le había hecho separar su mano de la superficie asquerosa del sarcófago maldito. Eso era lo que le había hecho volver al mundo real. Bendito detective Jack López.

Isabelle tardó un par de minutos en integrarse del todo a la realidad. Durante ese tiempo miró a Jack a los ojos, mientras él hizo lo mismo con los de su joven pupila quien trataba de encontrar una respuesta a lo que le había sucedido en la mirada del detective. Este la escudriñaba entre sorprendido y divertido.

- *"¿Qué fue eso, Henderson?"*

- *"No, bueno, ¿qué se yo? Se me ocurrió simplemente"*.

Jack notó que todo el staff se había detenido como petrificado por aquella irracionalidad de Isabelle. El artilugio aquel a medio entrar a la unidad policial, los que lo subían ya no lo hacían por mirar fijamente a Isabelle.

Los demás miembros del equipo forense estaban igualmente congelados en el tiempo tratando de adivinar qué demonios le había pasado por la cabeza a su nueva jefa. Hasta la lluvia parecía haberse detenido haciendo eco de aquel extraño suceso.

El detective puso de nuevo todo en movimiento tal y como sabía hacerlo.

- *"¡Bueno, ya! Todo el mundo ¡a trabajar! que tenemos mucho que hacer todavía. Nos espera una larga noche".*

No sin un gran esfuerzo por parte de aquellos hombres y mujeres, la "Doncella de Hierro" pudo emprender la marcha hacia su nueva morada: El departamento de análisis forense de la policía de Los Ángeles.

El sargento Steve Miller se acercó a Jack. Eran viejos amigos, sí, pero el protocolo era el protocolo y como el responsable de la escena del crimen era el detective, pues todo debía hacerse según el manual de procedimientos.

Mientras Jack entibiaba un poco su tráquea con el humo de un cigarrillo, el sargento le abordó.

- *"Jack, la gente del forense tiene ya todo en la unidad. Están listos para llevársela. Me voy con ellos y empiezo el papeleo ¿OK?"*

- *"OK, Miller. Aquí, Henderson y yo nos encargamos de lo que falta. Voy a necesitar una copia del reporte ¿de acuerdo?"*

- *"Claro, «man»".*

- *"Mantén informado al «dispatch» de tu 20 en todo momento".*

- *"Sin problema, Jack".*

El sonido preciso de las puertas de las unidades de policía al cerrarse, fueron marcando el final de todo aquel trajinar oficial. Ahí, en uno de los vehículos, iba la infame "Doncella de Hierro".

Las luces rojas de las unidades se iban alejando hasta que se perdieron entre la noche, la lluvia, los relámpagos y los truenos.

Justo después de que las unidades partieron, Jack dio una profunda aspirada a su cigarrillo. Tenía un hábito al fumar y este era que le gustaba hablar mientras exhalaba el humo como así lo hizo al dirigirse a su protegida, quien estaba muy impresionada y exhausta por la jornada aterradora que había vivido esa noche. Un par de palmadas en la espalda de la joven acompañaron sus palabras.

- *"Vamos, Henderson. Todavía hay mucho trabajo por hacer".*

Jack López lanzó la colilla humeante del cigarrillo moribundo tan lejos como solía hacerlo cada vez que lo "resorteaba" con sus dedos medio y pulgar. Quizá esta vez rompería su propio récord.

Así, a ambos se los comió la oscuridad de la vieja bodega destartalada. Llegaron hasta el mismísimo sitio en dónde un poco más de una hora atrás, yacía temeraria la "Doncella de Hierro". Todavía limitaba aquel espacio la consabida cinta plástica amarilla y su terca advertencia de no cruzar.

López la levantó para granjearle el acceso a la joven aprendiz de detective quien había ya sacado un par de guantes de látex, azules por supuesto, y se había enfundado ambas manos en ellos.

La meticulosidad de Isabelle era verdaderamente impresionante. No había rastro de sangre, mota de polvo sospechosa, pista alguna que escapara a su escrutinio.

Logró, incluso, detectar un par de escorias de metal que no parecían haberse integrado al resto de la nave industrial, sino más bien, de reciente aparición; quizá parte del vehículo o artilugio semejante con el que había introducido el sarcófago con la víctima dentro. Y ese era precisamente otro dilema que no se podría dilucidar sino hasta después del análisis de laboratorio: La víctima ¿había sido asesinada "in situ" o la había trasladado hasta ahí ya muerta?

Jack observaba a Isabelle hacer su trabajo desde a-
fuera del perímetro marcado por la cintilla amarilla;
con sus dos puños recargados en sendos lados de su
cintura, el detective adoptaba una pose muy peculiar,
pero también característica de él.

En algún momento, "Henderson" como la llamaba,
se había acuclillado para recoger más muestras del suelo. Imposible saber qué pensamientos obscenos se ges-
taron en la mente de Jack que, no podía negarlo, hacía
todo lo posible por no cruzar la línea de lo estrictamen-
te profesional en lo que a la relación con Isabelle con-
cernía, pero por quien sentía una atracción cada vez
más fuerte. Para alejar semejantes imágenes de su cabeza, volvió, con algo de esfuerzo, a su habitual cues-
tionamiento policial.

- *"Y bueno, Henderson ¿tienes algo para comprar-
tir?"*

Isabelle no dejó ni por un instante su meticuloso levantamiento de muestras, ni siquiera mientras le contestaba a Jack.

- *"No, bueno, es obvio que se trata de una mente
profundamente desquiciada. En mi humilde opinión,
esto es sólo el principio, Jack".*

- *"¿Cómo que el principio? ¿El principio de qué?"*

Fue en ese momento en el que Isabelle consideró que lo que tenía que compartir con Jack ameritaba toda su atención, así que dejando momentáneamente de lado sus actividades forenses, volteó a ver al detective para poder hablarle frente a frente.

- *"Contrario a lo que pareciera, el autor de este crimen o es alguien extremadamente bien informado o extremadamente ingenuo para dejarse llevar por los clichés".*

A Jack le molestaba cuando alguien se tornaba críptico, especialmente Isabelle; aquello le volvía inseguro y por lo tanto ansioso.

- *"A ver, Henderson, «barajéamela» más despacio que no te estoy entendiendo ni madres".*

Isabelle se incorporó pensando que así podría expresarle mejor sus ideas a aquel detective mitad profesional mitad barbaján.

- *"No, bueno es que, mira, «La Doncella de Hierro» nunca fue un verdadero método de tortura".*

Jack se sacudió el asombro con un rápido menear de su cabeza. ¿Qué había sido entonces todo ese cuento del método de tortura medieval con que le había dado tanto siniestro prestigio al artefacto aquel? Todo esto lo dijo sin una sola palabra; lo preguntó a Isabelle con la sola mirada y el entrecejo fruncido. Ella entendió perfectamente, así que procedió a explayarse.

- *"En realidad se trata de una mala interpretación de una auténtica y antigua herramienta de tortura alemana a la que llamaban la «Schandmantel».*

La pronunciación alemana de Isabelle era perfecta y a Jack le significaba otro punto de atracción hacia la joven, quien adivinando que su mentor no tenía la más mínima idea de lo que acaba de decir, no le quedó más remedio que traducirle de inmediato.

- *"O sea, el abrigo de la vergüenza. Era un tipo de barril de madera con muchísimas púas por dentro y que cubría desde el cuello hasta la cintura. Normalmente se lo hacían llevar a prostitutas y a contrabandistas de la Europa medieval... como castigo, por supuesto".*

Por la mente de Jack, quien era una persona con un pensamiento altamente gráfico, pasaron las imágenes ensangrentadas de aquellos pobres desdichados a quienes les habían obligado a usar semejante armastrote para torturarlos. Seguramente era gente pobre, *"jodidos"* como los llamaba él, con tanta necesidad, que bien les había valido la pena tomar tan grande riesgo con tal de sobrevivir. Se los imaginaba paseando por las calles asquerosas de las villas medievales europeas, escurriendo sangre como orina por debajo del «abrigo de la vergüenza», con la cabeza baja, llorando, sufriendo. No cabía duda de que el hombre era el lobo del hombre. Con todas esas fotografías virtuales en su cerebro, Jack siguió escuchando como la joven continuó su explicación.

- *"Entonces, por ahí del 1500, en la ciudad de Nuremberg, alguien con tanto ingenio como necesidad, combinó la forma del famoso sarcófago para momias del antiguo Egipto, en boca de todos en aquella época, con el infame "abrigo de la vergüenza" e inventó la «Eiserne Jungfrau», o sea «La Doncella de Hierro» para alimentar el morbo de los curiosos del pueblo y se montó una exhibición comercial".*

- *"O sea ¿me estás diciendo que la cosa esta nunca fue originalmente utilizada para torturar o matar?"*

- *"Hasta hoy..."*

La respuesta de la criminóloga hizo reflexionar a Jack, en el más sepulcral silencio, acerca de muchas cosas.

Isabelle aprovechó aquello para terminar, a conciencia, su trabajo forense. Luego, expresó sus conclusiones siguiendo el hilo de su conversación por una parte y tratando de sacar a su mentor de cualesquiera que fueran sus cavilaciones.

- *"No, bueno, estoy segura de que quien haya cometido este crimen sabía todo esto definitivamente. Ahora que lo pienso bien, quizá eso era precisamente lo que deseaba hacer, que por primera vez en la historia, se utilizara «La Doncella de Hierro» para lo que se suponía que había sido concebida... y querría ser el primero. Una mente perversa y profundamente perturbada".*

- *"Y dices que esto es apenas el comienzo..."*

Jack acompañó su planteamiento con un largo suspiro, mezcla de incertidumbre, ansiedad y resignación.

- *"Sí".*

Ese "Sí" de Isabelle tardó siglos en ser pronunciado. Imposible saber cuántas ideas se le vinieron a la cabeza al decirlo. Era una sílaba, pero llevaba un millón de palabras ocultas.

Al cabo, quedaron en la escena del crimen sólo los dos chicos del laboratorio forense, Isabelle y Jack; estos dos últimos estaban ahora centrando sus pesquisas en la entrada del bodegón abandonado y ruinoso.

Habían recorrido una y mil veces cada área, cada recoveco, cada pulgada de la decadente nave industrial hasta llegar a ese lugar en el que se encontraban ahora mismo.

LA LIGA DEL HORROR, CAPÍTULO 1: "PERVERSA"

Jack tenía una gran experiencia como detective de casos criminales; aquello, sin embargo, era un gran parteaguas en su carrera y eso le incomodaba, le ponía nervioso, intranquilo.

Afortunadamente, pensaba, contaba con Isabelle, quien, si bien era su aprendiz, en cuanto a técnicas de investigación era toda una experta en análisis forense, eso le valía de mucho al detective.

- *"A ver, Henderson, en conclusión ¿Cuál sería el perfil del sujeto o sujetos responsables de semejante atrocidad?"*

- *"No, bueno, definitivamente, como ya te comenté se trata de una mente muy enferma pero alguien muy meticuloso y organizado. Por lo que se puede ver, necesariamente tiene que contar con cómplices aunque este individuo, por él mismo, debe poseer una considerable fuerza. Definitivamente, por la saña y la alevosía, diría que es una «vendetta»; la manera en la que humilló a la víctima, desnudándola, perforándola de esa manera, indica que estaba en deuda con el asesino. Pero no una deuda económica, es más bien una deuda moral; como si le hiciera pagar por algo que le hubiera hecho al criminal... Sin embargo, en mi humilde opinión, quizá se trate del primero de una serie de asesinatos, pues una vez que ha obtenido el placer del resultado, le será fácil encontrar excusas para seguir*

perpetrando sus «venganzas» contra cualquier vícti-
ma que en el pasado le haya ofendido, o que así lo in-
terprete él. Por eso creo que esto no ha hecho sino co-
menzar".

- *"¡Ay, cabrón! Entonces ¿definitivo que tú crees*
que vamos a tener que lidiar con más asesinatos de es-
te tipo?"

- *"Es muy posible, Jack".*

- *"Pues ¡estamos bien jodidos! Necesito un pucho*
¿me acompañas?"

- *"Sí, por supuesto".*

Jack e Isabelle se encaminaron hacia la parte exte-
rior del edificio. La chica, pendiente como estaba siempre de todo, caminaba junto a su mentor mirando de
nuevo por si acaso hubiera dejado algo sin detectar.
Jack recargó un pie en la pared del umbral del portón
de la nave industrial en ruinas, sacó una cajetilla de cigarrillos de la bolsa de su chaqueta, tomó un "pucho"
como solía llamar a los cigarrillos -herencia de alguna
novia argentina a la que había amado profundamente y
de la que no quería olvidarse por completo nunca-. De
la misma cajetilla sacó un encendedor, de esos desechables y prendió el cigarrillo. Una bocanada gruesa y
espesa salió de su boca y poco a poco se confundió con
el vaho que le provocaba el aire frío de la madrugada.

LA LIGA DEL HORROR, CAPÍTULO 1: "PERVERSA"

El saliente de la cornisa del derruido inmueble le protegía de la lluvia a él y a su aprendiz. Una luz mercurial alumbraba la escena. Todas las lámparas provistas por el departamento de policía habían sido desarmadas y se habían ido con el resto de los vehículos oficiales. Las gotitas de llovizna en que se había convertido el chaparrón se dejaban ver a su paso por el haz de luz amarillento de aquel arbotante que ¡vaya a saberse por qué razón! aún funcionaba. Quizá, después de todo, alguien todavía se hacía cargo del escaso mantenimiento de aquella bodega industrial.

En algún afortunado momento, Isabelle giró su cabeza al sitio adecuado y la descubrió ¡ahí estaba!

- *"¡Mira, Jack! Una cámara de vigilancia de circuito cerrado"*.

El índice de su mano izquierda apuntaba -efectivamente, era zurda- hacia la cámara que, casi totalmente oculta entre la cornisa y el muro, en un rincón estratégico, ahora les brindaba una excelente noticia, un poco de esperanza para hacer justicia.

- *"Perfecto ¡ya chingamos!"*

A Isabelle le produjo una profunda satisfacción escuchar aquella expresión, le gustaba ser ella de quien su mentor se sintiera orgulloso; *"Daddy issues"* diría en alguna ocasión. La ausencia de la figura paterna, le espetaría en otro momento su querido profesor, el Dr. Lee.

- *"¿Ves el puntito rojo a la derecha del lente, Henderson?"*

- *"Sí, eso significa que está grabando activamente. Algo debe haber registrado".*

El detective se movilizó inmediatamente hacia el interior de la destartalada nave industrial en busca de los dos forenses que estaban ya recogiendo su equipo y aprestándose para marcharse.

Jack, que llevaba su cigarrillo encendido entre los dedos índice y medio de su mano derecha, se apeó mientras a gritos llamaba a los dos jóvenes.

- *"¡Sanderson, Baretta! Vengan de inmediato".*

Greta y Lou se apresuraron a terminar de empacar sus herramientas de trabajo y, sin perder más tiempo, acudieron al llamado de su jefe quien los recibió en la parte inmediata al acceso del viejo edificio industrial.

- *"¡Síganme!"*

El trío salió de la bodega y se encontraron con Isabelle, quien no se había movido ni una pulgada.

Jack entonces, apuntó al pequeño artilugio de grabación digital de imagen.

- *"Ahí hay una cámara activa de circuito cerrado. Necesito que localicen de inmediato el punto de grabación".*

Greta Sanderson recorrió visualmente la aparente línea que unía la cámara hasta dar con una puerta que resguardaba un pequeño cubículo que sobresalía casi al límite de la derruida fachada de la nave industrial.

La chica compartió con el grupo su hallazgo apuntando entusiasta hacia el punto deseado.

- *"Debe estar en esa oficina de ahí, jefe".*

- *"¿Cómo no vimos esa oficina? ¡carajo! A ver, Lou, chécate si hay alguien ahí".*

El asistente de forense corrió en la dirección indicada; mientras llegaba al punto, Jack se sintió un tanto abochornado por no haber sido él quien realizara aquellos hallazgos. Isabelle se solidarizó para librarlo un poco de aquella incomodidad.

- *"Esa área de ahí está demasiado oscura y las luces del equipo no alcanzaron a cubrirla, Jack".*

A lo lejos, la voz de Lou Baretta, quien venía caminando de regreso, puso punto final a esa noche lluviosa y fría de investigación policial.

- *"Jefe, la puerta está cerrada y no se ve que haya nadie dentro".*

- *"Muy bien, muchachos, vamos a dejarlo hasta aquí. Mañana buscaremos una orden judicial para que quien quiera que sea el encargado de este sitio, nos proporcione las grabaciones. Gracias, ya váyanse a sus casas a descansar; ha sido una larga noche".*

Todos subieron a sus respectivos vehículos. De nuevo el sonar de las puertas, apretadas y amortiguadas, junto con el arranque de los motores, se mezclaron con el sonido de la lluvia que amenazaba con arreciar de nuevo. Luego se fueron perdiendo en la noche.

Isabelle, ya dentro de su auto, sólo se lamentaba no haber traído su paraguas. La gorrita de lana que le protegió el cabello toda la jornada, definitivamente se había arruinado.

Desanduvo el camino en su Prius negro. Iba de frente a un amanecer azul, gris, quizá amarillo, pero muy pálido.

Los Ángeles se despertaba y ella se preguntaba ¿cómo era posible que hubieran corrido con tanta suerte?

LA LIGA DEL HORROR, CAPÍTULO 1: "PERVERSA"

Ni un solo reportero había entorpecido el trabajo de todo su equipo en toda la noche. ¿Qué había pasado con los escáneres de frecuencias que eran tan populares entre los morbosos *"paparazzi"?* No se molestó en contestarse. Quería llegar a su departamento, darse un baño y echarse en su cama que tanto amaba. Y así lo haría.

Antes de que pudiera percatarse, y sin tener más que un vago recuerdo del camino recorrido, ya estaba ahí, bajo el chorro amable y tibio de su regadera, sintiendo el agua recorrerle su desnudez de la que se sentía discretamente orgullosa.

Al salir del baño una fantasía secreta que le acompañaba en momentos como ese, brotó inesperada: ¿Y si durmiera desnuda de nuevo? Nunca, hasta entonces, lo había conseguido, al menos no conscientemente. Entre el pudor al ridículo y el acecho de su madre, encontraba siempre una barrera inhibidora. Pero ¡qué demonios! Se merecía ese gusto. Total, ya lo había hecho sin darse cuenta.

La luz ya declarada de esa mañana, la que se colaba por la ventana que tanto amaba, iluminó ese cuerpo suyo cuya humedad le confería algunos brillitos nostálgicos como el sol que luchaba contra las nubes grises de la lluvia diurna por no querer quedarse atrás junto con la noche. Se secó tanto como sería indispensable hacerlo, pero no del todo. Y así se posó, con toda esa hermosa humanidad femenina, sintiendo cada pliegue de sus sábanas amables que le llenaron el cuerpo de gentiles mimos, casi eróticos si no fuera por la soledad.

Dormiría toda la mañana, cubierta por el velo terso de la luz y la ropa de cama. Por fin se había atrevido a su fantasía. Algo se despertaba en Isabelle. Algo le estaba naciendo desde adentro. El cansancio la arropó sin que se diera cuenta ella misma. Sólo el sueño sensual, sin pesadilla alguna y sin tiempo.

Bien pasado el mediodía, el único sonido capaz de traerla de vuelta al mundo sórdido de la realidad, el de la alarma de su celular, se hizo presente. Jack había tenido la gentileza de no interrumpirle el descanso a su bella aprendiz. Entendía lo pesado de la noche y todos los horrores que le había traído, así que no sería él quien la sacaría de quien sabe qué onirismo. Fue pues, la alarma sutil de su teléfono móvil.

Miró el reloj digital en el mismo adminículo electrónico y se sorprendió de la hora y de su desnudez. Se cubrió con su ropa interior, se lavó el rostro, terminó de vestirse y se encaminó al desayuno, que ya era más bien comida.

Su madre la recibió con las mismas palabras de siempre. Ellen era una mujer en cierta forma, resignada a ser madre. Podría decirse que por esa razón, saludaba a su hija con un *"¿Dormiste bien?"*- que sonaba más a excusa que a interés- e Isabelle contestaba con un entusiasmo auténtico *"Sí, muy bien, gracias, mamá ¿y tú?"* Las veces que Ellen replicaba algo, era un parco *"también"* que a la joven le era suficiente para sentirse atendida.

Isabelle no quería contarle a su madre nada de lo que había pasado. Apuró su comida en silencio, algo que a Ellen parecía no molestarle en lo absoluto, recogió sus platos y se preparó para irse al trabajo. Ambas mujeres se despidieron; una, con un laconismo más propio de una madre depresiva. Y la otra, con el sincero cariño de una hija hambrienta de atención.

Jack no había tenido tanta suerte esa mañana. Entre reportes y sinsabores por la poca información que había podido recuperar, esperaba ansioso la grabación de la cámara de circuito cerrado que por fin había llegado y se estaba procesando por las manos expertas del buen Lou Baretta.

No había querido entregar su relación de hechos a la directora de policía porque intuía cuál podría ser su reacción. Prefería, y tenía la esperanza, de hacerle llegar el reporte con alguna buena noticia respecto a la identidad de aquel monstruo, al menos alguna línea de investigación.

Los golpecitos suaves en la puerta con que Isabelle se anunció en el despacho del detective hicieron, por un momento al menos, que las incertidumbres y malos ratos se le esfumaran.

- *"Bueno días, Jack"*.

- *"¡Henderson! ¿Descansaste?"*

- *"Sí, gracias, pero veo que tú no ¿no es cierto?"*

- *"Ya sabes cómo es esto, dormir es un lujo que no siempre se puede dar uno"*.

Jack se levantó de su sillón y se puso su chaqueta para salir.

- *"Acompáñame, Henderson. Vamos a ver por qué chingados se tarda tanto Baretta en procesar la maldita grabación del circuito cerrado"*.

- *"¿Se consiguió la orden del juez para obtenerla?"*

Con un ademán, el detective invitó a Isabelle a acompañarle al área de los laboratorios. Mientras caminaban, Jack López se desahogó con su colega.

- *"¡Fue un desmadre! El juez nunca tuvo tiempo para nosotros. Tuve que ir personalmente y amenazar al encargado con hacerle cargos por obstrucción y del puro miedo accedió a darnos el material; eso, y que le había estado valiendo madre ir por las noches a cumplir con el turno de guardia de la bodega esa, que al final no resultó tan abandonada. No, el tipo no quiso arriesgarse a perder su trabajo por una indiscreción y al final nos dio el material. Ya lo tiene Baretta y lo estaba procesando, ya sabes, aumentar la nitidez, mejorar la calidad de la imagen, todo ese rollo".*

Isabelle atendía a las palabras de Jack sin ponerles demasiada atención. Llegaron a la sección de los laboratorios y se encaminaron directamente al de cibernética.

Lou Baretta, sentado a sus anchas en su dominio digital, miraba y rebobinaba, una y otra vez, un segmento de un video de no muy buena calidad. El detective, desde unos pasos antes de estar frente a la isla de análisis gráfico, se interesó tremendamente por las imágenes que tenía frente a él.

- *"¿Este video es del circuito cerrado de anoche, Baretta?"*

- *"Así es jefe..."*

- *"¡¿Es una mujer?!"*

- *"Pues pareciera que sí, jefe".*

Lo que estaba viendo le dejó con la quijada desencajada. Jack no podía creerlo. Estaba tan sorprendido que por reflejo y sin saber qué más hacer, se dirigió a su joven protegida.

- *"¿Estás viendo esto, Henderson?"*

- *"No, pues, lo veo y no lo creo, Jack".*

Lou Baretta, que era un total perfeccionista en su campo, se atajó preventivamente pues sabía que las críticas al hallazgo no tardarían en llegar de boca del escrupuloso detective.

- *"Lamentablemente, la unidad de captación óptica de imagen digitalizada en circuito cerrado es motoactivante…"*

- *"¡Español, Baretta, español".*

- *"¡Ah! sí, lo que quiero decir es que la camarita es de las que empieza a grabar cuando algo se mueve".*

- *"¿Ves qué fácil?"*

La pantalla de última generación mostraba una imagen tan siniestra como inverosímil: La figura fugaz de una mujer, iluminada por la luz de un relámpago oportuno. Dos elementos eran los más sorprendentes. Por una parte, el atuendo de la potencial asesina, que consistía en una suerte de traje de látex negro, con algunas aplicaciones que bien podrían ser piel o incluso charol, todo en negro o así parecía, pues las imágenes eran únicamente en escalas de grises, seguramente como resultado de lo anticuado del equipo de circuito cerrado. En todo caso, la presunta asesina, estaba ataviada de tal suerte que dejaba poco a la imaginación.

El otro aspecto, éste aún más sorprendente, era que, sobre sus hombros llevaba un bulto. Pero no uno cualquiera; se trataba, casi con certeza, de un cuerpo humano y de buen tamaño, eso sí, envuelto en algún tipo de tela que lo cubría todo. La facilidad con la que lo cargaba era, por decirlo de una manera fácil, sobrenatural. La calidad de la imagen, reiterando, era muy mala, y se reducía a los pocos instantes que había durado el relámpago mismo.

En realidad, era poco lo que se podía apreciar, considerando que el fenómeno atmosférico gratuito, había sido bastante largo, algo más de 5 segundos.

La destreza con la que Lou Baretta manipulaba todo aquel equipo de procesamiento de imágenes, si bien era impresionante, no era lo suficiente para satisfacer la cada vez más desbocada ansiedad de Jack López.

- *"Baretta ¿esto es lo mejor que puedes hacer?"*

El detective tenía una manera de presionar a su gente que hacía titubear al más seguro de sí mismo. Así era con todos y el pobre de Baretta no sería la excepción. Ante esa pregunta, toda la confianza en él mismo venida de tantos y tantos casos resueltos gracias a su ayuda, se derrumbaba inevitablemente para dar lugar a un nerviosismo casi de novato.

- *"Jefe, es un equipo ya obsoleto, la iluminación es bastante pobre sin mencionar que el ángulo en el que se tomaron las imágenes…"*

De muy poco le servirían todas esas explicaciones al joven y talentoso forense experto en equipos de comunicación y electrónica; Jack era implacable en lo que se refería a su gente y a la expectativa que tenía de ellos basada en los mejores resultados.

El bombardeo del detective prosiguió, siempre con preguntas cortas y contundentes.

- *"¿Es eso lo mejor que puedes hacer Baretta o no?"*

El joven meditó por unos escasos segundos antes de contestar a la pregunta de Jack. Por una parte, Baretta buscaba siempre impresionar a su jefe a base de excelentes resultados, pero por otra parte, no podía mentirle, había hecho uso ya de todos los recursos digitales, de todas las técnicas posibles para redefinir, corregir, aumentar la definición, mejorar los márgenes de la imagen, en fin, verdaderamente había hecho uso de toda la batería de recursos a su alcance así como de todos los conocimientos y experiencia con que contaba para mejorar aquella secuencia digital y eso era lo mejor, que no sólo él, sino que cualquier experto podría obtener. Si Lou Baretta no podía hacer algo más por aquella imagen, nadie podría y Jack lo sabía, por eso cuando el joven, con la mirada en el suelo contestó con un escueto *"Sí, jefe, es lo mejor que puedo hacer"* el detective lo comprendió perfectamente y mostró su apoyo al experto con una palmada en la espalda y un todavía más lacónico *"OK"*.

Sin embargo, al jefe de detectives no se le había acabado los recursos; todavía le quedaba el ojo hábil de su protegida quien no despegaba ni por un momento su mirada de la pantalla. Era como si pudiera entrar en la escena toda ella, como si realmente tuviera la capacidad de hacer acto de presencia en ese sitio y en ese momento.

Cuando López volteó a verla y le dio voz con su consabido *"¿Qué piensas, Henderson?"* Isabelle había ya repasado la breve secuencia una y otra vez.

- *"No, bueno, Jack, se trata de una mujer sajona, probablemente de entre 25 y 28 años, con una fuerza descomunal en caso de que lo que lleva a hombros, que todo apunta a ello, se tratase de la víctima que debe pesar no menos de 260 libras, quizá más. Esto es ya de por sí sorprendente. El atuendo es el otro punto que llama poderosamente la atención, me encantaría saber por qué se viste así".*

Los tres excelentes elementos policiales estaban hipnotizados por la imagen. Baretta intentando en su mente encontrar algo más que hacer para aumentar la nitidez y calidad de la imagen. Jack, con un millón de preguntas acerca de lo que estaba viendo e Isabelle, ahí, presente, dentro de la imagen, haciéndola suya, haciéndose parte de ella.

- *"Está raro ¿verdad Henderson?"*

- *"Me pregunto si se trató de algún ritual sadomasoquista".*

- *"Eso y ¿cómo chingados le hace para cargar a una mujer tan gorda con tanta facilidad?"*

Lou Baretta vio en esa pregunta una pequeña oportunidad para redimirse ante su jefe haciendo alarde de conocimiento e ingenio.

- *"De hecho, a mí también me pareció inverosímil el manejo que hace del cuerpo, por lo que me puse a buscar algún tipo de ayuda mecánica, algún mecanismo oculto que le permitirá hacer esos movimientos tan ligeros con ese peso a cuestas..."*

- *"¿Y?"*

LA LIGA DEL HORROR, CAPÍTULO 1: "PERVERSA"

- *"No encontré nada, jefe, lo siento".*

Isabelle intervino en total solidaridad.

- *"Lo hizo a fuerza de puro músculo, por lo visto".*

Su mirada, sin embargo, denotaba una gran actividad analítica de la secuencia visual. Ataba cabos, sin duda alguna. Isabelle se dirigió directamente a su colega forense.

- *"No, bueno, a ver, dices que se trata de una cámara que se activa cuando detecta movimiento ¿verdad?"*

- *"Así es Isabelle. El circuito cerrado sólo comienza a grabar al detectar el movimiento, pero como no había ninguna iluminación, no detectaba nada, a pesar de la lluvia, ya que funciona a base de sensores infrarojos. Así es que comenzó a grabar justo cuando el relámpago iluminó a la mujer en movimiento que coincidentemente pasó frente a la cámara en ese instante".*

- *"Entonces ¿es posible que ella misma, con esa fuerza brutal, haya podido meter el sarcófago dentro de la bodega sin que la cámara la detectara por no haber un relámpago que la iluminara?"*

- *"Henderson, vamos a mantener la perspectiva. Una cosa es cargar un cadáver de doscientas sesenta libras y otra muy diferente es cargar un peso muerto de más de quinientas. Lo más probable es que algunos cómplices hayan introducido el artefacto ese cuando no había iluminación ¿no te parece más razonable esa posibilidad?"*

Jack tenía un punto en ese argumento. Pero Isabelle parecía no atender más que a sus propias cavilaciones. Miraba atentamente a la pantalla. Sus ojos comenzaron a abrirse lentamente. Algo estaba deduciendo su mente magistral. Algo que hasta ese momento todos habían pasado por alto. Sin siquiera voltear a mirar al detective, recargó un brazo sobre los hombros de Lou quien comenzaba una frase para apoyar la hipótesis de la muchacha.

- *"La verdad es que viendo con que facilidad transporta el cuerpo de la víctima no sería difícil que pudiera cargar con el sarcófago ella sola..."*

Isabelle inquirió de una vez.

- *"Lou ¿puedes volver a poner la secuencia desde el principio? Tengo una duda..."*

Su voz llevaba una carga naciente de ansiedad. El experto procedió a reproducir el video desde el inicio. Todos vieron la misma escena, excepto Isabelle; ella vio algo más.

- *"Pónla de nuevo, Lou, por favor".*

De nuevo la secuencia hasta que la voz de la joven como un comando, hizo que Baretta se sobresaltara un poco.

- *"¡Ahí! Detenla ahí... un poco antes... un poco más... ¡ahí mismo! ¿Puedes hacer un «loop» entre este cuadro y los siguientes, no sé, diez o quince?"*

A la voz de "ya" Lou Baretta, quien se había contagiado de la emoción de Isabelle, procedió tal y como se lo indicó su compañera de trabajo quien se aproximó por encima de él a la pantalla para ver más detalles y prosiguió con más instrucciones precisas.

- *"Lou ¿Puedes poner ese «loop» ahora en cámara lenta, por favor?"*

Así lo hizo Baretta. Isabelle estaba ahora tan emocionada como horrorizada.

- *"¿Lo vieron?"*

- *"¿Qué cosa, Henderson? Me estás poniendo muy nervioso. ¿Cuál es tu enfoque?"*

- *"¡El cadáver!"*

- *"¿Qué tiene el cadáver?"*

- *"Que no es cadáver..."*

- *"¿Cómo que no es cadáver?"*

- *"¡No! ¡Se mueve! ¡Miren como va agitando la cabeza! Y ese movimiento no es el resultado del caminar de la asesina porque se mueve en dirección contraria a los pasos que va dando".*

Cada una de las expresiones de Isabelle Henderson iba acompañada de un movimiento de su dedo índice de la mano izquierda, como zurda que era, remarcando cada detalle en la pantalla.

A Jack se le pusieron los pelos de punta en cuanto comprendió el hallazgo de su protegida. Otro tanto le pasó a Lou Baretta, quien en silencio, sentía como sus ojos se abrían ante lo que estaba viendo con total claridad.

Jack rompió el silencio con un terror interior desconocido para él.

- *"¡Madre de Dios, Henderson! La llevaban viva..."*

- *"¡Exacto, Jack! No era un montaje con un cadáver, la torturaron y asesinaron ahí mismo y realmente utilizaron «La Doncella de Hierro» para matarla".*

Lou, el más humano del trío aquel, dejó escapar un doloroso *"Pobre mujer ¡Dios mío!"*

Jack poco a poco se sobreponía al impacto de las conclusiones que había sacado Isabelle; muy queda y lentamente, pero tratando de reganar compostura, se congració con la joven.

- *"¡Buen trabajo, Henderson!"*

Un sinfín de pensamientos se amontonaron en la cabeza del detective, quien como ya se sabe, era más bien gráfico, así que cada idea se le convertía en una imagen clara de lo que había sucedido.

- *"Entonces, los alaridos de la pobre víctima fueron los ruidos que se reportaron al «nine, one, one». Ahora todo tiene sentido".*

La figura grácil y dinámica de Greta Sanderson se hizo presente y súbitamente aquellos tres volvieron un poco más a la realidad del laboratorio de análisis forense del departamento de policía de la ciudad de Los Ángeles. Y venía con un folder que mostró a Jack sin más preámbulo y con toda la inocencia, si se le puede llamar así, con la que tomaba su trabajo, pero con el mismo profesionalismo que caracterizaba a todo ese equipo de criminólogos.

- *"Jefe, el reporte forense del sarcófago".*

López tomó el folder, lo abrió y comenzó a leerlo con avidez. Este detective, como mucha gente, tenía la costumbre de musitar lo que leía, sólo que a él no se le entendía nada. Era un simple susurro sin sentido, un tanto molesto para los que le rodeaban al momento.

Lo repasó una y otra vez, de principio a fin, levantaba las hojas, buscaba desesperadamente algo de qué asirse. Tenían algo, sí, pero todo ello, el que la víctima fuera ejecutada *"in situ"* con una saña descomunal, el hecho de que, aparentemente, ese crimen atroz fuera cometido por una mujer solitaria que vestía ropas extrañas, no hacía sino generar más incógnitas. ¿Quiénes eran aquellas mujeres, la víctima y la asesina? ¿Cuál era el motivo de aquel espantoso y sanguinario sinsentido? ¿Por qué aquel *"modus operandi"* tan sádico? ¿Qué significaba todo aquello? Y lo peor del caso era que ahora, revisando el reporte del análisis del forense sobre la maldita "Dama de Hierro", no arrojaba ni una *"puta"* huella, ni un gramo de evidencia que pudiera proporcionar una línea de investigación. La sangre y los pocos rastros de ADN pertenecían únicamente a la víctima cuya identidad aún era un misterio.

Eso no podía ser. No existían, en la experiencia del detective Jack López, criminales tan meticulosos que pudieran vencer al extra minucioso escrutinio de sus agentes forenses; no en pleno siglo 21, no bajo su guarda. No, definitivamente, eso no podía ser.

LA LIGA DEL HORROR, CAPÍTULO 1: "PERVERSA"

Aquel callejón sin salida le exasperó demasiado. Tenían todo frente a sus narices pero no podían verlo ni interpretarlo.

- *"¡Por favor, Sanderson! ¿Qué chingaderas son estas? ¿Ni una puta huella dactilar, ni un maldito «match»? ¿Quién putas madres analizó las muestras?"*

Una vez más, Jack con su actitud barbajana había logrado poner nervioso a un elemento de aquel cuerpo élite de forenses. Ahora le tocaba a la más joven de todos, a Greta Sanderson. Su nerviosismo le hizo temblar la voz al responder.

- *"Corrí todas las pruebas personalmente, jefe".*

Fue lo que alcanzó a contestar, tímidamente, la jovencita, que tenía fama de ser la mejor entre las mejores.

- *"¡Pues córrelas otra vez, chingada madre!"*

- *"Ya lo hice, jefe, tres veces. Incluso pude tomar huellas dactilares de la víctima antes de que el médico forense iniciara la autopsia. Las corrí en todos los bancos disponibles…"*

- *"¿Y?"*

- *"Nada, jefe. No están registradas en ninguna parte. Es como si la víctima no existiera. Le puedo asegurar que mis asistentes y yo fuimos extra cuidadosos con el manejo de todas las muestras y huellas. A nosotros también nos pareció rarísimo, nunca nos ocurrió esto, jefe".*

Aquello no estaba bien; no estaba bien cómo había reaccionado Jack y lo supo de inmediato al ver la mirada suplicante de aquellos ojos azules, tan hermosos que tenía la pelirroja Greta Sanderson, absolutamente la mejor en su área y una de sus más leales colaboradoras.

Otra vez le había brotado lo palurdo al detective. Después de todo, la juvenil forense no había hecho sino su trabajo y con todo el profesionalismo que se pudiera esperar de alguien de su nivel. No, así no podía reaccionar. Jack se disculpó, a su manera, pero lo hizo.

- *"OK, OK, OK, Sanderson. Buen trabajo. Está todo bien. Vamos a ver qué más conseguimos para resolver este misterio ¿OK?"*

Greta lo comprendió y se tranquilizó. Ella sabía que había hecho excelentemente su trabajo, también entendía que aquel caso empezaba, como era de esperarse, a complicarse en exceso y eso suponía una presión brutal sobre el detective, responsable de llevar a buen término las investigaciones. A Jack no le quedó más que buscar algo de apoyo en Isabelle.

- *"¿Qué piensas Henderson?"*

La única respuesta que obtuvo fue, sin embargo, un encogimiento de hombros, las cejas levantadas en el fino rostro de la joven, un leve meneo de cabeza y un suspiro. Y aquello, se lo había advertido su aprendiz, no hacía sino comenzar. ¿Qué más podía suceder ahora? ¿Qué más?

"¿Qué más?" Eso pensaba Isabelle camino a su casa. Su Prius negro la transportó con cierta suavidad hasta su departamento a través del conocido camino. Esa noche, la neblina hacía particularmente tenebroso el trayecto.

Después de aquel día tan largo, tan sobrecargado de emociones y tan ajetreado profesionalmente, lo único que deseaba era estar en casa.

Ellen, su madre, la estaría esperando para departir con su única hija y prácticamente única compañía, ese único momento del día en el que verdaderamente podían compartir algo de sus vidas.

Hay que recordar que Ellen era una persona muy parca, lacónica si se quiere. Su estilo críptico para comunicarse, sus reacciones cotidianas y sus comentarios punzantes le hacían una persona un tanto desagradable; pero era sólo con Isabelle. Con el resto de la gente no se mostraba así sino amable, atenta, servicial y hasta sonriente. Difícil saber a qué atribuir esta doble personalidad.

Y ahí estaban ambas, sentadas a la mesa, disfrutando ¿disfrutando? de un momento tranquilo con una cena, si bien no opípara del todo, al menos sí agradable y decente.

Ambas mujeres masticaban en silencio. De tanto en tanto alguna de ellas tomaba algo de un vino bastante decente, servido en sendas copas sencillas, austeras pero de buena calidad.

El silencio era apenas soportable. Algún sonido externo alcanzaba a colarse por entre las ventanas cerradas y de doble cristal. ¿Qué se podía esperar de una ciudad ruidosa de por sí como Los Ángeles? Pero era todo. Fundamentalmente, el chillidito de los cubiertos contra la loza, y el sonido opaco de las copas cuando eran puestas de vuelta contra la superficie de la mesa.

Isabelle fue la primera en romper aquella incómoda atmósfera silenciosa.

- *"Mamá ¿puedo preguntarte algo?"*

- *"¡Por supuesto, Isabelle!"*

Sí, una vez más le había llamado "Isabelle" y no "hija" pero eso ya no le importaba a la chica. No era con aquel amoroso epíteto que se referiría a ella, nunca lo hacía. Igual le formularía la pregunta.

Isabelle se puso nerviosa; se le notaba en la manera en la que tragó bocado y en la manera en la que bebió un poco del vino, así, nerviosamente.

- *"No, bueno, pues quería preguntarte... ¿alguna vez intentaste localizar a mi padre?"*

Lo había soltado así nomás, a bocajarro, sin pensárselo dos veces. La joven sabía qué esperar de una pregunta como esa y no era bueno, pero Isabelle, en realidad, necesitaba saber acerca de quién era su figura paterna. Ellen siempre había contestado con evasivas como *"Nunca volví a saber de él"*, *"Nos abandonó porque nunca le importamos"*, *"¿Qué más te da si conmigo tienes y te sobra?"* y un rosario casi interminable de excusas incluida la más reciente: *"Soñé que tu padre había muerto y ya sabes que para esas cosas soy medio bruja"*. La pobre muchacha se lo había tomado como palabra sagrada y desde ese momento se sintió absolutamente huérfana de padre, aunque no tuviera ninguna evidencia de ello. De tal manera, con tal poder, lo dicho por Ellen tenía un impacto irracional en Isabelle.

La reacción de la madre ante la insistencia de la hija fue la esperada. La quijada de la mujer se agarrotó con lo cual, la dulzura aparente, simplemente se esfumó de su rostro.

No contestó absolutamente nada, sólo silencio encima de aquel ya perturbador silencio.

Cortó un pedazo de carne apretando desmedidamente el cuchillo afilado y el tenedor, que relucía como estrella maligna. Se llevó el trozo a su boca y comenzó a masticarlo, rápidamente, con gran enojo.

A Isabelle le dio la impresión de que lo que estaban desgarrando aquellos dientes no era la carne que había preparado para la cena sino su pregunta. Mascaba y mascaba y en sus ojos había rabia contenida. Eso sí, en ningún momento volteó, ni siquiera de reojo, a ver a la joven quien muy tímidamente insistió con la mirada.

- *"¿Mamá?"*

El golpe sobre la mesa, desproporcionado para una mujer con tantos años, sobresaltó a Isabelle. Y ese impacto venía con una gran descarga de adrenalina.

- *"¡Isabelle! ¡Maldita sea! ¿Por qué insistes en eso? ¡Nosotras nunca necesitamos de ese hombre!"*

La muchacha, perturbada más allá de lo normal, bajó su mirada. Muy lentamente cortó un pedazo de carne casi sin hacer ruido y se lo llevó a la boca. Tomó su tiempo y después de beber un poco de vino, muy quedamente, se disculpó con su madre.

- *"Lo siento, no era mi intención hacerte enojar"*.

Quizá aquello era lo que más le molestaba a Ellen, lo fácil que le resultaba derrotar a su hija. Esa mujer en franco camino a volverse anciana, lo que en el fondo buscaba era un rival a su altura e Isabelle no lo era.

El rencor oculto y la decepción que le producían aquellas reacciones simplonas y cobardes de la joven, no hicieron sino acrecentar su rabia.

Todos sus movimientos eran decididamente violentos. Con violencia puso los cubiertos al lado del plato, con violencia tomó la servilleta de tela blanca y con violencia se limpió la boca y sus alrededores y, aún con más violencia, le espetó a su humillada hija.

- *"Si tanta falta te hacía ¿por qué nunca fuiste a buscarlo tú misma?"*

Isabelle quedó aturdida ante la exagerada reacción de aquella mujer que sabía era su madre, pero que desconocía por completo, especialmente cuando se dio cuenta de cómo la miraba, de cómo sus ojos azules y antiguos se posaban con sorna y desdén sobre los ojos azules, pero de un azul juvenil de la hija. La miraban fijamente, intensamente.

El odio que le venía desde adentro hizo que las pupilas negras de aquella mujer senil se llenaran, no de vida, sino de muerte; se tornaban rojizas mientras insistía en repetir la misma frase una y otra vez.

- *"¿Por qué no lo buscaste tú? ¿Eh? ¿Por qué, Isabelle? Si tanto te importaba ¿por qué no fuiste tú a buscarlo?"*

Su voz comenzó a distorsionarse, se volvía más grave y sus palabras sonaban como el coro de cien mil voces de ultratumba, una más espeluznante que la otra.

El rostro se metamorfoseó igualmente. Ya no era Ellen Henderson, ya no era la madre de Isabelle Henderson, ya no era aquella mujer más que madura de semblante inescrutable, ahora era una enorme mandíbula, llena de dientes feroces que amenazaban con devorar a la joven.

Comenzaba de nuevo, pensó Isabelle pues no sólo su madre se transformaba; toda la atmósfera se tornó siniestra, oscura, fétida. Las paredes del comedor conocido eran ahora muros tenebrosos atestados de manchas de las cuales emergían formas indescriptibles pero aterradoras a cuál más y que lo cubrían todo.

La señora Henderson se hizo más grande, más imponente. Su miseria se había convertido en rabia, en ira, en violencia infinita, en el más puro odio. Crecía y

mientras lo hacía, se inclinaba lenta y amenazadora-
mente hacía la chica.

De pronto, la ventana, esa misma ventana que, por
lo visto ya no sería la de dulce recuerdo sino de aterradora memoria, se abrió y de la nada, entró un viento
mortífero, huracanado.

Todo era caos, horror y hedor. ¿Cómo era posible
que una simple pregunta hubiera desatado el Hades?
¿Qué fuerzas ocultas asistían a ese conjuro en el que su
madre, su propia madre, era la protagonista? ¿Era a-
quella mujer un demonio? O más bien, y esto le parecía
más probable a la aterrada Isabelle ¿se estaba volviendo loca? ¿estaba perdiendo la razón?

Ninguno de sus músculos parecía responder; por
más esfuerzo que hacía por moverse, aunque fuera un
par de pulgadas, no lo conseguía.

Enfrente de ella, ese íncubo en el que ya no reconocía ni un ápice de su madre, continuaba acercándose,
despacio, sí, pero inminentemente.

Mientras más cerca estaba de ella, más se abrían a-
quellas quijadas infernales. Podía ver la hilera inmediata de dientes afilados, malditos. Al verlos más de cerca,
pudo descubrir que detrás de esa hilera de punzantes
marfiles, surgía otra y otra y otra más. Veía también el
líquido viscoso resbalándose por los tejidos blandos y

pestilentes que recubrían esas dos mandíbulas morta-
les.

Los ojos eran ya dos destellos color sangre radiac-
tiva. Brillaban con un resquemor negruzco que les confería un infinito espanto insoportable como insoportable era ya aquel huracán que soplaba, demoníaco, en su
propio apartamento y que lo convertía todo en destruc-
ción.

Por fin, recurriendo a esa fuerza que días atrás había
descubierto que poseía, logró vencer la inmovilidad, la
parálisis y llevándose las manos a los oídos mientras
apretaba los ojos con fuerza descomunal, lanzó un grito
potente, implacable; un grito, a ella le parecía, que podría escucharse hasta el infierno mismo.

- *"Isabelle, ¿qué demonios te pasa?"*

En su encierro ocular, la joven escuchó aquel reclamo sonoro de su madre. Abrió los ojos y todo había
vuelto a la normalidad. Nada malo ni terrorífico había
ocurrido. El comedor estaba ordenado y acogedor con
una iluminación agradable, como siempre.

Sentada frente a ella, estaba su madre, esa mujer ya
mayor que a veces podía ser incluso dulce y que ahora
se le veía preocupada, nerviosa por aquel temerario grito que, sin razón alguna, su hija había proferido con
tanta fuerza. Incluso, de la ventana entreabierta, venía

una dulce brisa otoñal pero tibia, tan bienhechora que nada tenía que ver con el huracán rabioso que había a-terrorizado a Isabelle unas centésimas de segundo a-trás.

- *"¿Por qué gritas así, Isabelle? ¿qué te ocurre?"*

En la pregunta mortificada de la madre había algo de preocupación.

Isabelle se sintió como una estúpida. Ellen lo notó. Se levantó con la rapidez que su edad y condición le permitían y abrazó a su conmocionada hija por detrás. La joven cerró los ojos queriendo sentir el calor de la madre que siempre pensó tener, pero este se disipó al momento en que escuchaba, proferido malignamente, un susurro en su oído.

- *"Si quieres indaga sobre tu padre, pero atente a las consecuencias, Isabelle".*

Aquella sentencia le hizo abrir, como resorteados por el miedo, los ojos y se dio cuenta de que quizá, no era más que una ilusión esa idea de una madre protectora y solícita. En todo caso, Isabelle supo que, al igual que ocurría con su padre, tampoco tenía la mí-nima idea de quién era su madre.

Ellen se despidió con un beso en la frente juvenil de la muchacha. Se retiró lentamente perdiéndose, esta vez, en efecto, en la penumbra del pasillo. Isabelle la miró todo el tiempo temiendo que algún tipo de visión del inframundo surgiera de aquella estampa, pero esta vez no ocurrió nada extraordinario.

La madre se perdió detrás de la puerta de su habitación y la hija quedó sentada, pensativa cerca de la ventana desde la que sentía el viento suave y reparador en su nuca, agitándole delicadamente el cabello.

No pudo evitar sumergirse en sus cavilaciones. Había experimentado algo muy fuerte; no podía dejarlo así nomás. ¿Qué había sido? ¿tenía algo de qué preocuparse o era solamente el resultado de la combinación del maldito caso de la asesina y el cansancio de esos días aciagos que habían precedido a esa vivencia? Pero ¿y las otras ocasiones? ¿Podía atribuirlo a las mismas causas? ¿debía acudir a su querido Dr. Lee y consultarlo?

Al ritmo de todas estas reflexiones, imperceptiblemente terminó de recoger los platos, meterlos en el lavavajillas, organizar las sobras de la cena, limpiar un poco aquí y allá, cerrar la ventana y apagar la luz.

Isabelle ahora temía irse a la cama. Y temía porque de ninguna manera querría tener alguna aventura tenebrosa o algún tipo de pesadilla profética. Sólo quería dormir, descansar, sentir las sábanas sobre su cuerpo desnudo -pretendía incorporar a su rutina nocturna ese hábito antes auto prohibido- y no soñar nada, sólo dormir, sentir, por una vez en todo ese tiempo, que reparaba su mente, su cuerpo y su alma con ese sueño.

Para su sorpresa aquella noche sería diferente. Terminadas las faenas de limpieza en la cocina y el comedor, Isabelle fue a su habitación, se lavó los dientes y la cara y se despojó de toda su ropa.

Con cierta dosis de morbosidad, se asomó por la ventana para sentir el baño de la Luna que le erizaba la piel. El saberse desnuda frente a la ventana, expuesta, vulnerable, la liberaba.

Tanto tiempo había soñado con poder hacer aquello. Sólo apenas había descubierto que podía hacer realidad esa fantasía.

No permaneció demasiado ahí; lo indispensable para disfrutar de aquella nueva sensación que le recorría el cuerpo, el alma.

Se metió en la cama dándose cuenta al instante de que las sábanas, las fundas de las almohadas y el edredón despedían un agradable aroma a recién lavado. Suspiró. Colocó su teléfono celular a un lado, activó las alarmas y cerró los ojos con suavidad. Ya no tenía miedo. Nada malo pasaría en esa noche. No tendría pesadillas, no experimentaría ningún horror nocturno, ni la presencia de ningún íncubo ni súcubo. Sus demonios la dejarían en paz por aquella noche. Al menos por aquella noche.

Poco antes de las siete de la mañana sonó el característico sonsonete del teléfono celular de Isabelle. Normalmente ella se despertaba antes de que sonaran sus alarmas, pero esa mañana lo profundo de su sueño requirió del sonido melódico del aparato electrónico para despertarla.

Por ser otoño, la luz de la mañana aún estaba lejos de posarse sobre la bulliciosa ciudad de Los Ángeles.

Isabelle tomó el móvil y revisó la hora: seis cincuenta y cuatro podía leerse con claridad.

Se incorporó de un solo movimiento. Tomó la parte de arriba de la pijama que normalmente hubiera vestido en otro momento y que había dejado en una silla cercana a su cama y sin más, como era su costumbre, se dirigió a su cuarto de baño, que estaba aledaño a su habitación.

Acomodó sus afeites, perfumes, toallas y demás; giró la perilla del agua caliente y se despojó de la camisola. En unos pocos segundos, el vapor del agua que corría abundante le hizo saber que la ducha estaba lista para recibirla.

LA LIGA DEL HORROR, CAPÍTULO 1: "PERVERSA"

A pesar de haber dormido profundamente, reparadoramente, había amanecido intranquila. No sabía qué era, pero su instinto policial la tenía en alerta. Se metió, sin embargo, a la ducha de la manera en que solía hacerlo todos los días y sin más miramientos. Balanceó la temperatura del agua abriendo la otra perilla hasta que la sintió cómoda, agradable como a ella le gustaba. *"Tranquila Isabelle, todo va a estar bien, ya lo verás"* se decía la joven para sus adentros. Se lavaba su pelo largo y sedoso ahora totalmente mojado y cubierto por la espuma del champú. Una vez que el potente chorro le enjuagó por completo la cabellera, se llevó sus dos manos al rostro para masajeárselo bajo la refrescante ducha.

Cerraba sus ojos para concentrarse en aquel movimiento relajante y en el sonido del agua que caía sobre ella.

Isabelle escuchó algo más, un extraño ruido sordo, puntual. Instintivamente, la muchacha separó un poco ambas manos de su rostro, pero continuó con los ojos cerrados a causa del agua jabonosa que aún le caía por los párpados. No dijo nada. Se quedó inmóvil esperando algún otro acontecimiento. Justo cuando pensaba para ella misma que *"seguramente aquel ruido no era nada"* se repitió, pero esta vez con mayor intensidad, más poderoso, más sonoro. Isabelle se dio cuenta de que esto le requeriría estar alerta. Quizá alguien habría entrado a su casa ¿pero quién? Usando su sentido de la lógica, intuyó que podría tratarse de su madre, por lo que la llamó.

- *"¿Mamá? ¿Eres tú? ¿Mamá?"*

Recibió por respuesta más golpes contundentes. No podría decirse que fueran en la puerta del baño, quizá al principio lo pensó, pero esos sonidos retumbaban en todo el cuarto de ducha. Alarmada, se acercó a la cebolleta de la regadera para quitarse todo el jabón del rostro y poder abrir los ojos.

- *"¿Mamá? ¿Eres tú? ¿Quién es? ¿Hola? ¿Hola?"*

De nuevo, a manera de respuesta tenebrosa, más golpes, más fuertes, más desesperados, más retumbantes. *"Otra vez no ¡Por favor! ¡Otra vez no!"* musitó con total nerviosismo Isabelle. Armándose de ese valor que le venía desde adentro del alma, gritó a todo pulmón.

- *"¿Quién es? ¿Qué quiere?"*

Todavía más golpes fue la única respuesta que recibió. La joven cerró ambas perillas del agua, abrió la cortina plástica, corrediza y transparente de la ducha y tomó la toalla que tenía preparada para secarse envolviéndose en ella desde el busto hasta los muslos mientras los golpes persistían de tal suerte que de continuar así, terminarían por derribar la puerta, los muros, el departamento.

Isabelle se acuarteló contra la puerta e hizo acopio de una dosis aún mayor de ese poder que estaba emergiendo de ella.

- *"¿Quién es? ¿Qué quiere?"*

Su voz era fuerte, segura, poderosa, lista para enfrentar fuera lo que fuese que la amenazaba desde el otro lado. La respuesta que recibió la desconcertó por completo; esperaba cualquier cosa menos eso.

- *"Señorita Isabelle, soy yo, el señor Juan Hernández".*

La voz del anciano era calma, amable y contrastaba totalmente con la intención e intensidad de los malditos golpes que había dado a la puerta ¿o quizá Isabelle se los imaginó así de fuertes? Eso debía de ser. Se tranquilizó casi de inmediato.

- *"¿Señor Juan? ¿Es usted?"*

Isabelle recordaba a la perfección el rostro afable de aquel anciano al que conocía desde la infancia. Él se había encargado del mantenimiento del departamento; en alguna ocasión, hasta algún cuento le habrá contado mientras la niña que había sido, le miraba reparar algún desperfecto.

- *"Sí señorita Isabelle. Sí se acuerda de mí ¿verdad?"*

- *"Sí, por supuesto, lo que pasa es que me asustó con los golpes que dio a la puerta".*

- *"Perdone que la haya asustado. Estoy reparando la pared del closet de su mamá ¿recuerda el agujero que se hizo por la humedad que sale de este baño? Quería avisarle que tengo que cortar el agua por un momento".*

- *"No hay ningún problema. Corte el agua con confianza, yo ya terminé de bañarme".*

- *"Está bien, así lo haré. No más no se asuste si vuelve a escuchar ruidos como de ultratumba ¿OK?"*

¿Había dicho "ruidos como de ultratumba" o ella se lo había imaginado? Si bien la frase le pareció totalmente fuera de lugar, prefirió pensar que había escuchado mal. No quería lidiar con eventos sobrenaturales a tan temprana hora del día.

- *"Sí, no se preocupe. Gracias, señor Juan".*

Así era mejor. Todo dentro de la normalidad que a Isabelle le hacía tanta falta.

Finalmente salió del baño. Se cercioró de que la puerta de su habitación estuviera, efectivamente, cerrada y trabada con el seguro. Una vez hecho esto, alegremente se despojó de la toalla. Se sintió libre una vez más. Como todas las mujeres, y en esto, Isabelle no era la excepción, otra toalla más pequeña pero que hacía juego con la que le cubría el cuerpo, se apretaba torcida contra su pelo a manera de turbante. Esa era la única prenda que llevaba encima.

Se acercó a su mesa de noche en donde reposaba su celular y vio la hora. Aún era temprano. Podía disfrutar de esa desnudez un poco más. Pensó en volver a exponerse en la ventana pero no pudo vencer ese pudor, ese era su límite. Se tumbó entonces en la cama. Estuvo ahí unos largos minutos. Miraba el techo de su habitación y se miraba sus senos. En realidad se sentía orgullosa de la redondez de ellos.

Al cabo, se incorporó y procedió a vestirse. Tuvo la precaución, como siempre lo hacía, de corroborar el cielo y tratar de adivinar el pronóstico del tiempo por ella misma.

Se vistió, se acicaló y, siempre con una discreta sonrisa, se apeó al comedor en dónde ya Ellen la esperaba con el desayuno, austero, pero suficiente y nutritivo.

Isabelle se sentó a la mesa al tiempo que saludaba más juvenilmente que de costumbre a su adusta madre.

- *"¡Buenos días, mamá!"*

Aquel saludo no le hizo mucha gracia; más bien le pareció soso.

- *"Buenos días, Isabelle".*

La señora Henderson sin mucho ánimo agregaría algo más, ahora con un tono aún más severo, sin embargo.

- *"¿Te sientes mejor ya?"*

Eso era justo lo que la joven no quería recordar. Para tratar de no hacerlo, contestó sin perder el buen ánimo.

- *"Sí, gracias. Mucho mejor. Por cierto, lamento mucho lo que pasó. Estaba muy nerviosa por el caso que estamos enfrentando y, no, bueno, había dormido poco y trabajado mucho... no quiero que peleemos, mamá. Quiero que estemos bien. Discúlpame por favor".*

- *"Está bien, Isabelle. Olvidémoslo".*

Eso estaba mejor. Una relación cordial y quizá hasta amorosa con su madre le daría la estabilidad y el centro de gravedad que tan desesperadamente Isabelle necesitaba por aquellos días. Después de todo, la única figura siempre presente a largo de toda su vida, por decirlo así, en las buenas y en las malas, era aquella señora que se convertía con los años, poco a poco en anciana.

LA LIGA DEL HORROR, CAPÍTULO 1: "PERVERSA"

Esa parecía ser una buena ocasión para tener una a-mena conversación mientras ambas desayunaban.

- *"No, bueno, de hecho tuve un baño particularmente agradable también, mamá. Imagínate tú el susto que sentí cuando comenzaron esos ruidos extraños cerca de mi habitación con tal fuerza que casi me hizo temblar de miedo".*

El hecho de que Isabelle acompañara aquel comentario con una amable sonrisa no era más que el esfuerzo repetido por restar importancia a lo que había ocurrido en los días anteriores.

- *"¿Cuáles ruidos extraños?"*

- *"¿No los escuchaste tú?"*

- *"No, Isabelle ¿de qué ruidos extraños hablas?"*

Isabelle suspiró; no iba a perder el sentido de la realidad. Era, seguramente, un malentendido. Quizá su madre no los consideraba sonidos extraños porque ella sabía ya de ellos.

- *"¿Bromeas, mamá? Eran bastante fuertes. De hecho, el señor Juan me dijo que eran porque estaba reparando la pared de tu clóset".*

- *"¿Cuál clóset, Isabelle? ¿Cuál pared? ¿De qué estás hablando? El señor Juan se retiró hace años.*

Desde el 2015 no viene a esta casa... de hecho falleció a principios del año pasado ¿qué me estás contando, Isabelle?"

Al escuchar aquellas palabras, la joven comenzó a temblar. Trató de conservar la calma, sin embargo. Tenía que tratarse de una confusión. Ella había escuchado con toda claridad la voz conocida del señor Juan Hernández por no mencionar aquellos ruidos infernarles que le hicieron desbocar el corazón. ¿Se lo habría imaginado todo? ¿Qué le estaba ocurriendo? ¡Tan bien que había comenzado la mañana!

Resolvió que no le daría ninguna importancia a lo ocurrido, especialmente no frente a su madre. Se contuvo tan pronto como le fue posible. Se tomó una mano con la otra para ocultar el temblor y respiro profundo.

- *"¡Qué raro! ¿no?"*

Sólo acertó a decir esa frase y la dijo muy quedamente, como si fuera sólo para ella misma. Ellen, cuyo sentido del oído comenzaba a fallar, no entendió lo que dijo su hija.

- *"¿Qué dijiste?"*

- *"Nada mamá, no te preocupes, no tiene importancia. No, bueno, me tengo que ir, te veo por la noche".*

Isabelle se levantó de la mesa y se apresuró a tomar sus cosas para dirigirse al trabajo.

Finalmente, fuera lo que fuera que estaba ocurriendo en su vida, comenzaba a tomar el control de su mente. Tenía que hacer algo.

La joven se quedó con la imagen del rostro de su madre un tanto preocupada. En su urgencia de irse y para su fortuna, no se percató de la mirada fulminante con que Ellen la siguió hasta que salió, cerrando la puerta tras de ella.

El trayecto hacía el Departamento de Policía de la ciudad de Los Ángeles prácticamente no existió para Isabelle. Estaba nerviosa, demasiado al pendiente de la realidad. Su mente se ocupaba tanto de buscar explicaciones a tantos eventos inexplicables que ni siquiera encendió la radio.

La mañana plomiza parecía burlarse de la joven. Lo único que deseaba era llegar a su trabajo, ver a Jack y sentirse de nuevo en la realidad. Esa contradicción le molestaba: Ahí en donde el caos y la maldad de una asesina suelta se desarrollaba, encontraba más sentido que su propia casa con su propia madre.

Estos pensamientos la llevaron justo hasta el umbral de la puerta de Karla Estrada, sitio por el que tenía que pasar inevitablemente en su camino al departamento forense, en el que estaba por llevarse a cabo una interesante reunión entre Jack López y precisamente la titular de la dependencia.

Karla era una mujer recia, con una trayectoria prácticamente impecable. No se dejaba intimidar por nada ni por nadie, pero tenía una debilidad y esa era una ambición política que no le permitía conformarse con nada. Frecuentemente se veía a ella misma ¿y por qué no? como la alcaldesa de Los Ángeles.

Así era que, este "incidente", como ella le llamaba, de la potencial asesina en serie, tenía que ser manejado con pinzas.

Enfrente de ella, de pie, justo en el umbral de la puerta abierta, estaba Jack, el mejor detective de la fuerza y pensaba explotarlo para conseguir, a como diera lugar, que aquella bomba política y mediática no le estallara en las narices.

Ese momento, justo ahora que Jack tocaba a la puerta pidiendo audiencia, era perfecto para deslindar responsabilidades.

La mujer, poderosa como se sentía, se reclinó en su lujoso sillón ejecutivo casi hasta el límite y en un alarde de poder, llevó ambas manos a su nuca para mantener a raya a su fiel vasallo.

LA LIGA DEL HORROR, CAPÍTULO 1: "PERVERSA"

- *"Hola, Estrada ¿estás ocupada?"*

- *"Nope, pasa Jack, de hecho, quería hablar precisamente contigo. Cierra la puerta, por favor".*

Una vez que el subalterno hizo lo que se le indicó, un gesto en el rostro de la directora del departamento invitó al detective a sentarse en el sillón, más pequeño y menos "ejecutivo" al otro lado del enorme escritorio de la mujer.

Karla Estrada tomó lenta y calculadoramente un legajo de su escritorio que, hay que decirlo, estaba perfectamente organizado y relucía tal y como si fuera nuevo. Se cercioró, leyendo por encima, de que era el reporte que estaba buscando y comenzó su labor de jefa.

- *"He leído tu reporte del maldito caso este, Jack".*

No sólo las palabras, también el tono de voz de Estrada hubiera intimidado al más incólume, y eso fue precisamente lo que ocurrió con el detective.

- *"¡Ah! Ya lo leíste entonces…"*

- *"Sí, Jack, ya lo he leído, eso es parte de mi trabajo ¿Me quieres explicar qué significa? ¿Debo de preocuparme? Porque si esto que escribiste aquí es lo que parece ser, un reporte acerca de un caso brutal del que no hay absolutamente nada, entonces esto es pésimo para mi carrera política y ¡voy a empezar a preocuparme! Y tú me conoces, Jack..."*

- *"Hasta ahora, yo diría que no tienes nada de qué preocuparte, pero tú sabes cómo es esto, Estrada..."*

- *"¡No, Jack, no sé cómo es esto! ¿Por qué no me dices tú cómo es?"*

El hombre no podía darse el lujo de perder el liderazgo que tantos años de arduo trabajo le había costado. Debía y tenía que defender su trabajo y el de su equipo.

- *"Tengo a toda mi gente trabajando en este caso, especialmente a esta chica..."*

- *"¿Isabelle?"*

- *"Sí, Henderson, es buena, muy buena".*

Karla Estrada no daba tregua. Tenía ese olfato y la cantidad suficiente de celo profesional para detectar posibles rivales voluntarios o involuntarios en su carrera, especialmente si se trataba de otras mujeres que intentaran destacar. No tendría ningún miramiento ni daría ningún trato especial a nadie, ni siquiera a Isabelle.

- *"Y ¿me quieres explicar por qué si la muchacha es tan buen elemento, no tienen ni una miserable huella dactilar y ya no digas una línea de investigación clara, Jack López?"*

LA LIGA DEL HORROR, CAPÍTULO 1: "PERVERSA"

Al detective se le desencajó el rostro. Se rascó la cabeza que se había hundido un tanto en sus hombros. Tembló un poco una de sus rodillas y se acicaló la barbilla. Finalmente suspiró aceptando la reprimenda.

- *"Es un caso complicado, Estrada, pero me haré cargo de sacarlo adelante"*.

- *"Eso espero, Jack, por tu propio bien, eso espero"*.

Fueron las parcas palabras de la temida directora quien solía repetir ceremoniosamente sus últimas frases para darles un giro dramático e imponer sus dominios sobre la gente que trabajaba para ella.

Miró a Jack con toda la severidad de que era capaz, se puso sus lentes y continuó leyendo otros informes, antes de cerrar su sermoneo con un remate mortal.

- *"Puedes retirarte Jack y cierra la puerta cuando salgas"*.

Estas últimas palabras alcanzaron a llegar a los oídos de Isabelle mientras Jack cerraba la puerta de la oficina de la jefatura. Era en ese preciso momento que, llevando del brazo sus folders para el trabajo, chocó, otra vez, contra el detective que abandonaba la oficina. El resultado de aquel encuentro, de nuevo, fue un montón de documentos desparramados por el suelo. Una vez más, Jack, se acomidió a ayudar a la joven a tomar los legajos y a reorganizar aquel caos. Ambos, como en un *"dejá vu"* volvieron a enfrentar sus miradas, i-gual que aquella otra vez, acuclillados, recogiendo ho-jas, reportes, presentaciones.

- *"Lo siento mucho, Jack. Otra vez lo mismo".*

- *"¿Tan temprano y ya tan despistada, Hender-son?"*

- *"No, bueno, ya sé. Es que si antes era distraída, ahora con este caso que me tiene loca..."*

- *"A todos, Henderson. Precisamente hablando de eso ¿Preparaste la presentación?"*

- *"Sí, por supuesto".*

Aquello era una suerte de ritual. Jack tenía al equipo del departamento forense acostumbrado a realizar una presentación. En realidad se trataba de una práctica implementada por el doctor Lee, quien normalmente la preparaba. En esa presentación se discutían los porme-nores de la evidencia forense de cada caso, así el cuer-po de detectives tendría una visión más clara acerca de todas las potenciales líneas de investigación a seguir y al mismo tiempo servía para dar una formación más clara a los aspirantes a jefe del departamento, la más reciente de las cuales era, por supuesto Isabelle, ahora convertida en la titular.

Jack esperaba que aquella reunión le diera elementos para resolver el misterioso y aterrador caso. Lo único que agradecía, muy en su interior, es que, hasta ese momento se tratara de un caso aislado y no de un asesino serial.

- *"Bueno, Henderson, vamos. Supongo que el equipo nos está esperando. Se me hizo tarde hablando con Estrada, ya sabes, ella y sus tonterías políticas".*

- *"Sí, me imagino".*

Caminaron juntos por el laberinto de pasillos, cubículos, elevadores y demás. Al llegar al área del departamento forense, los estaban esperando, en efecto, el resto del equipo.

La sala en donde estaban todos reunidos tenía las luces apagadas y hubiera estado en total oscuridad de no ser por el brillo de una pantalla de buen tamaño en la que se habría de proyectar la presentación digitalizada preparada por Isabelle.

Nomás llegar a aquel recinto, la joven forense entregó las copias impresas de sus análisis a todos y cada uno de los presentes. Acto seguido, conectó su *"ta-*

blet", vía *"bluetooth"*, al proyector que estaba listo para presentar aquellas imágenes.

Isabelle se colocó al centro del grupo que estaba dispuesto formando un semicírculo frente a la pantalla. Al igual que ella, Jack López estaba de pie, con los brazos cruzados y pidiendo, en su mente, a gritos un cigarrillo. Odiaba el ordenamiento que le impedía hacerlo.

El sargento Steve Miller, los oficiales forenses Greta Sanderson y Lou Bareta completaban aquella pequeña formación policíaco-científica. Todos ellos, los mejores de los mejores en su área de *"expertise"* miraban atentos y ansiosos lo que su colega estaba por presentarles.

Jack fue, como era de esperarse, quién rompió el intenso silencio que casi aturdía a la pequeña audiencia.

- *"Bueno, a ver. Dado que no tenemos ni una sola pista útil en este maldito caso, creo que lo mejor será que hagamos una tormenta de ideas con base en lo que Henderson nos ha preparado. ¿Podemos empezar?"*

Como ya era costumbre, Isabelle estaba absorta en todo tipo de cavilaciones al momento de la alusión del detective convertido en su mentor.

- *"¿Eh? Ah, no, bueno, sí, claro"*.

En otro momento y en otro contexto, aquella retahíla de interjecciones les hubiera parecido graciosa a los concurrentes, pero ese no era el caso. El sólo recuerdo de la monstruosidad que todo aquel grupo, de una manera u otra, había presenciado, les hacía sudar frío. Y las diapositivas digitales que comenzarían a ver, no harían sino reforzar la estremecedora memoria de aquella terrible noche de hacía no mucho tiempo.

Isabelle inició su presentación con una foto de la ya por todos aquellos conocida "Doncella de Hierro". Antes de que pudiera pronunciar ni una sílaba siquiera, López se le adelantó. Hacía ese tipo de cosas, chauvinista como en el fondo era, quizá para delimitar territorio o quizá para impresionar a su aprendiz de detective.

- *"De acuerdo con la oficial Henderson este artefacto totalmente operativo y funcional es una copia de una falsificación del siglo ¿qué? ¿diecinueve, Henderson?"*

Con esa pregunta que seguía a esa breve introducción, Jack le pasaba la estafeta a Isabelle. De alguna manera, el detective sentía la necesidad de hacer saber a todos aquellos, que él y la joven jefa del departamento forense, estaban trabajando en equipo.

Isabelle se adelantó un par de pasos cortos al frente; de esa manera sería ella el foco de la presentación, *"tal y como debía ser"*, según lo pensaba mientras escuchaba a Jack.

- *"No, bueno, este ejemplar en particular es una copia perfecta de los que se construyeron en Nuremberg en el siglo diecinueve, pero que fueron fabricados exclusivamente para efectos de exhibición. Sin embargo, es correcto afirmar que éstos, a su vez, se basaban de alguna manera, en otro instrumento de tortura, que sí se usó para este fin y al que llamaron «Schadmantel» o «El Abrigo Español», y que tenía forma de barril".*

Isabelle, y esto era más que obvio, era morbosa por naturaleza. Y es que no se es la jefa forense del departamento de policía de la ciudad de Los Ángeles si no se tiene una enorme dotación de morbo, lo cual es incluso, indispensable. Teniendo esto en cuenta, no era de extrañarse que la joven hubiera escogido las imágenes más horrendas para la explicación gráfica de su presentación.

Mientras continuaba con su breviario cultural sobre la tortura y el horror, iba presentándolas una a una, a cual más de grotescas, de espeluznantes, casi se diría, innecesariamente, las estampas sangrientas que se proyectaban en la pantalla provocando la incomodidad en los demás. Ella continuaba, impávida, con su diatriba del terror.

LA LIGA DEL HORROR, CAPÍTULO 1: "PERVERSA"

- *"Ahora bien, adentrándonos más en la investigación llegamos a este otro aparato de tortura, igual de efectivo, este llamado «El Hierro de Apega», una suerte de autómata rudimentario de la época Greco-Espartana utilizado y quizá diseñado por el mismísimo Nabis, Rey de Esparta y que, de alguna manera, emulaba la imagen de su esposa Apega, de ahí el nombre".*

Y el torrente de imágenes, de las cuales todos los presentes se preguntaban: *"¿En dónde consigue Isabelle esas fotografías tan espantosas?"* continuaba; una tras otra, sangre, tejidos desprendiéndose de los cuerpos de los pobres desgraciados víctimas de tan macabro ingenio. Sí, es verdad, se traba de ilustraciones, obviamente. No podía haber ningún registro fotográfico de aquello, pero la sola idea de que un número seguramente monumental de personas habían sufrido en carne propia aquel despropósito del infierno, aunado a la terrible experiencia de la que todos tenían memoria, les hacía confundir la realidad y ver en aquellos dibujos, excelentemente bien logrados, por cierto, las imágenes reales de los pobres desdichados víctimas de esa tortura inhumana y extraordinariamente cruel, les encogía el alma y les hacía brotar tanta adrenalina que los ojos se les abrían hasta sus límites. Isabelle, por otra parte, continuaba sin pena ni gloria y con toda naturalidad, deleitándose en sus propias explicaciones de aquel espectáculo visual.

- *"Este artilugio era la manera en la que lidiaban con los que se negaban a pagar los impuestos. Como pueden observar, los brazos de la figura femenina se cerraban con un mecanismo y apresaban al deudor. Es importante hacer notar que, como puede verse, los brazos estaban dotados de un sinfín de pequeñas pero filosas púas metálicas que se encajaban en el cuerpo de la víctima causándole un profundo dolor y un abundante derramamiento de sangre, era una especie de a-brazo mortal. Pueden imaginarse el suplicio que representaba para quien lo recibía".*

Con cada descripción, una diapositiva macabra.

Isabelle, y ella lo sabía, se regodeaba con la impresión que causaba en sus compañeros; podría decirse que se sentía orgullosa del efecto resultante.

Jack lo notó, notó todo. Notó el placer que se manifestaba en el bello, pero ahora un tanto siniestro rostro de la joven expositora y la reacción primitiva de espanto y de horror que estaba consiguiendo de todos y cada uno de sus compañeros de trabajo. Antes de que Isabelle prosiguiera con aquella masacre visual y queriendo cortar de cuajo el innecesario sufrimiento de sus colegas, dio por terminada la exposición sádica cuanto siniestra.

- *"Muy bien, Isabelle, gracias por la explicación ¿alguna pregunta hasta ahora?"*

LA LIGA DEL HORROR, CAPÍTULO 1: "PERVERSA"

El detective no se sorprendió ni un ápice con el silencio que recibió por respuesta. Probablemente, Miller, Sanderson y Baretta se encontraban en una suerte de estado de shock. El mismo Jack, con toda su sangre fría, sufría con la sola idea de que aquella sicópata que había sido capaz de torturar hasta la muerte a esa pobre mujer cuyo cadáver reposaba en la mesa de autopsias, tuviera la mitad de "creatividad" para asesinar a una potencial segunda víctima.

- *"Bueno, voy a tomar ese silencio como un «no»"*.

A Jack no le quedó más remedio que ceder de nuevo la batuta a su pupila. Sólo le quedaba esperar que la siguiente parte de la presentación fuera menos atroz visualmente.

- *"Continúa por favor, Henderson"*.

Isabelle deslizó el dedo índice de su mano izquierda sobre su *"tablet"* para retomar el carrusel virtual de diapositivas. Esta vez, se trataba de una fotografía, de un pedazo de realidad, no ya de ilustraciones, sino de la víctima real del caso en cuestión. Se le veía desparpajada, exhibiendo desvergonzadamente sus carnes ultrajadas por aquellos punzones cónicos aun chorreando sangre y tejidos humanos.

Jack se dio cuenta de que definitivamente no podía confiar en el tacto de Isabelle. Aquella argucia de mezclar terribles ilustraciones a manera de antecedentes con las fotografías "reales" del caso, era demasiado. Nadie en su sano juicio podría mantener la calma con aquella estrategia más propia del cine *"snuff"* que de una presentación forense. Decidió proseguir él mismo.

- "OK, de acuerdo con el reporte de la oficial Sanderson, aquí presente, las huellas dactilares de la víctima que son, por cierto, las únicas que se pudieron recuperar de la escena del crimen, no arrojaron ningún «match» en ninguno de nuestros bancos de registros. De la maldita cosa esa, la mentada «Dama de Hierro», no se pudo recuperar ni una sola huella dactilar ¿es correcto, Sanderson?"

La vergüenza de ser expuesta de aquella manera le provocó un enrojecimiento involuntario a Greta Sanderson. Ella era la mejor en su área. Hasta ese caso, siempre, pero siempre, había podido obtener rastros de DNA, huellas digitales, incluso fragmentos de ellas que, con su gran talento, lograba procesar para reconstruirlas, paso a paso, hasta tener algo útil qué cotejar con los bancos de información disponibles para la corporación policial. Esta vez, en este único caso y sentando un indeseable precedente, no había conseguido nada, absolutamente nada que pudiera usarse; es más, no había nada, punto. No le quedaba más que reconocer la derrota profesional.

LA LIGA DEL HORROR, CAPÍTULO 1: "PERVERSA"

- *"Es correcto, jefe".*

Pero eso no era todo. Para aumentar su frustración, Jack tenía que hacer también un balance del trabajo de su otro forense estrella, Lou Baretta, a quien su más grande esfuerzo no le había resultado más que en una muy pobre secuencia en video de una calidad más que dudosa no susceptible de mejoría alguna.

Esa frustración, comenzaba a notarse en el jefe de detectives, quien era una persona bastante transparente respecto a sus emociones. Además y para mayor desgracia, las palabras de Karla Estrada le resonaban en el pensamiento tornándose dardos filosos que le robaban toda tranquilidad. *"Eso espero Jack, por tu propio bien, eso espero"* y eso que la implacable mujer esperaba, eran resultados, y el detective no los tenía.

- *"Bueno, en el circuito cerrado, según nos reporta el oficial Baretta, no hay una sola puta imagen rescatable para efectos de identificación de la asesina o de su víctima ¿cierto Baretta?"*

El joven talento ni siquiera se atrevió a contestar verbalmente a semejante pregunta acusatoria. Sólo asintió tímidamente con la cabeza que acabó mirando al piso lleno de vergüenza.

A Jack comenzaba a subirle la temperatura en el ánimo y no precisamente para bien de nadie.

- *"Entonces, podemos deducir que en esta investigación criminal tan, digámoslo así, «pintoresca» ..."*

Para hacer más énfasis en la palabra "pintoresca" Jack, como era una costumbre muy suya, hizo el signo de comillas al aire con los dedos índices y medios de ambas manos al tiempo que continuaba hablando con un tono de voz cada vez más exaltado.

- *"... nosotros, un equipo de seis expertos, los mejores de los mejores ¡no tenemos ni una puta idea de quien era la maldita víctima! Es más, no contamos ni siquiera con una pinche línea de investigación para atrapar a esta loca cabrona, ¿Cierto?"*

Esto último ya había sido dicho a punta de gritos, un tanto contenidos, pero gritos al fin.

Como era de esperarse, un silencio previsible y no por ello menos incómodo fue todo lo que quedó por respuesta. Eso, a Jack, lo sacaba de quicio.

- *"¿Estoy en lo cierto, señores o me callo el puto hocico?"*

El mismo Steve Miller sentía pena de aquella tremenda reprimenda que su viejo compañero de trabajo estaba descargando en ese equipo de jóvenes talentosos y aplicados que no habían hecho sino un excelente trabajo a su mejor entender y capacidad.

LA LIGA DEL HORROR, CAPÍTULO 1: "PERVERSA"

Miller había estado el suficiente tiempo en la fuerza y había visto de todo, bueno, casi de todo hasta antes de ese caso, como para intuir que, con toda seguridad, ese descontrol del detective López respondía a una tremenda presión por cortesía de la implacable Karla Estrada. Todo era parte de esa infame mezcla de labor policial y política.

Steve miró a su colega de tal forma que le hacía saber que "se estaba pasando"; así de expresivos eran los ojos del fornido y correcto sargento Miller. Jack entendió el mensaje al instante. Le cedió la razón a su compañero con un suspiro largo y profundo.

- *"A ver, muchachos, necesito que me traigan información concreta, que extiendan la búsqueda de una identificación positiva de la víctima a otros bancos de información; revisen grabaciones de días anteriores de la maldita camarita de circuito cerrado; hagan trabajo de campo, busquen en toda la bodega desvencijada esa y encuentren por lo menos una ¡una! sola huella que podamos usar. La pinche madre esa no apareció ahí flotando ¿verdad? De alguna manera tuvieron que meterla ahí. ¡Carajo! ¡Denme algo con lo que pueda trabajar, chingada madre! ¡Vamos! ¡Todo el mundo a trabajar!"*

Uno por uno fueron abandonando el recinto en donde tuvo lugar la frustrada tormenta de ideas. Alguien encendió las luces antes de salir definitivamente.

Jack, nunca mejor dicho, moría por un "pucho". Vio irse a Isabelle y la detuvo con una pregunta, podría decirse que en un tono un poco más tranquilo, pero sólo un poco.

- *"Henderson, antes de que te vayas, dime una cosa".*

- *"¿Sí, Jack?"*

Miller, Sanderson y, Baretta detuvieron sus pasos al escuchar que su jefe le hacía una pregunta a Isabelle, igual que si se las fuera a hacer a ellos mismos.

- *"¿Tengo motivos para preocuparme aún más por este caso?"*

Isabelle sabía de antemano que eso precisamente iba a preguntarle Jack. Suspiró largamente pensando como expresarle, de la mejor manera y sin sobredimensionar -si es que eso era posible- innecesariamente la gravedad de sus conclusiones.

Toda la atención del grupo, que estaba como congelado en el tiempo, se enfocó ahora en la muchacha.

LA LIGA DEL HORROR, CAPÍTULO 1: "PERVERSA"

- *"No, bueno, Jack, si te refieres a que si este es el primero de una serie de..."*

Una vez más la ansiedad y la presión terrible que sentía Jack, le hicieron perder los buenos modales: interrumpió impaciente a su joven protegida.

- *"¡Sí, Henderson! Por supuesto que me refiero a eso"*.

Aquella impertinencia siempre hacía que a Isabelle se le crisparan los nervios y se le notaba en los ojos y en la voz que se le volvía temblorosa.

- *"No, bueno, Jack, he estado analizando al detalle el proceder de esta criminal y definitivamente responde al perfil del asesino serial. Creo que aquí la cuestión no es si va a atacar de nuevo, sino cuándo. Lo siento Jack, pero esa es la respuesta más honesta y profesional que te puedo dar"*.

En el fondo López lo sabía, pero esperaba que por una sola vez, Isabelle estuviera equivocada.

Haciendo uso de otro de sus movimientos ritualistas, se llevó la mano derecha a la cabeza y se peinó con ella su abundante cabellera, castaña rojiza y rabiosa, misma que quedó en total desorden.

Casi para él mismo, susurró un contundente *"¡Chingada madre!"* Después de una pausa que a Isabelle le pareció infinita, agradeció a la joven por su sinceridad.

- *"Gracias Henderson, puedes retirarte".*

El resto de la jornada laboral transcurrió de acuerdo con lo esperado. Todo el equipo aplicado con total entrega, método y meticulosidad. Cotejaron las huellas con otros bancos de datos que solicitaron a todas las instituciones estatales y federales. Extendieron sus radios de búsqueda, reprocesaron las muestras, en fin, se abocaron como nunca lo habían hecho con ningún otro caso.

Al final del día Isabelle estaba exhausta, tanto mental como físicamente.

Mientras conducía de regreso a casa, sólo tenía un pensamiento en su mente: Llegar y relajarse tanto como fuera posible. Manejó en silencio pero de prisa.

La noche estaba extrañamente tranquila, podría decirse que hasta serena. Le llamó un poco la atención el hecho de que casi no había tránsito vehicular. Era tarde, es cierto, y mitad de semana, pero ¡vamos! estamos hablando de Los Ángeles, una de las ciudades más caóticas en cuanto a vialidades y congestionamientos se refiere. No le dio importancia al hecho y simplemente se dejó llevar por las avenidas y las calles.

LA LIGA DEL HORROR, CAPÍTULO 1: "PERVERSA"

Las Henderson adoraban la naturaleza y la idea de vivir en un departamento las sofocaba. Solucionaron aquello, mucho tiempo atrás, cuando Isabelle era aún una niña, buscando un apartamento con un balcón grande, tan grande como fuera posible. Lo consiguieron después de mucho esfuerzo, esfuerzo que había valido la pena pues se trataba de una especie de *"penthouse"*, nada lujoso, pero eso sí, en el último de los cuatro pisos de aquel edificio y con un gran balcón que para su buena suerte, era con vistas a la ciudad.

Llenaron de plantas y algunos arbustos medianos aquella área, culminando con un hermoso columpio de madera para dos personas.

Ahí, sentada, disfrutando de una brisa suave y una noche no demasiado fría, balanceándose gentilmente, estaba la joven criminóloga.

La atmósfera le parecía tan propicia que, después de una reconfortante cena, se había llevado su laptop, una copa de uno de sus vinos favoritos, y algo de buena música de ese *"playlist"* que con el tiempo formó, tema por tema. En ese momento escuchaba algo tranquilo, melancólico.

A Isabelle le desagradaban mucho los audífonos prácticamente de cualquier clase. La música la escuchaba pues, a un volumen moderado, pero así, mezclándose con los sonidos propios de la bulliciosa noche en la urbe angelina y eso le gustaba.

Trabajaba en el caso; investigaba, escudriñaba la red, pero no la red común y corriente; ella, como agente policial, tenía el conocimiento y las credenciales para sumergirse en lo más recóndito de la llamada *"Deep web"*, ese espacio sin lugar ni tiempo en el que convergen investigadores, periodistas de los más serios con asesinos, pedófilos y depravados de todo tipo en una de esas ironías cibernéticas producto de la sociedad estrambótica contemporánea.

Para Isabelle, en ese momento, no existía nada más que esa profundidad virtual, su copa de vino y la música.

Ellen se apareció por la puerta contigua al columpio pero no del todo. Tan sólo la parte superior de su cuerpo se asomaba por un lado del umbral. Sabía que cuando su hija estaba en ese nivel de concentración, tenía que hablarle suavemente para no asustarle.

Con cierta dulzura y en un tono de voz mínimamente audible interrumpió la concentración de su hija.

- *"Isabelle, es tarde. Me voy a la cama. ¿Te importaría poner el seguro a la puerta cuando te vayas de dormir?"*

- *"¡Claro mamá! No hay problema. Que descanses".*

La mujer miró a la muchacha. Le pareció que algo estaba fuera de lugar. En el rostro de Isabelle podía leerse una cierta angustia.

- *"¿Qué pasa, Isabelle? ¿Está todo bien?"*

Más por instinto que por voluntad, Isabelle cerró la pantalla del artefacto electrónico de prisa, gesto que, si se mira bien, era totalmente innecesario, especialmente porque no se había tomado la molestia de mirar a su madre ni una sola vez.

- *"Está todo bien, mamá. No es nada. Supongo que solamente estoy algo cansada".*

Ellen conocía a esa joven al dedillo. Nada escapaba a su escrutinio ni ciertamente de su cuidadosa manipulación. No era que se interesara auténticamente por ella como una madre lo haría, era que no toleraba que la joven se saliera de su control.

Por supuesto, que Isabelle jamás había notado esa diferencia.

Así pues, con una hipocresía que la hija interpretaba como interés y amor genuinos, le inquirió.

- *"¿Estás segura de que estás bien, de que no te pasa nada?"*

No hubo una respuesta inmediata. Isabelle miró a la nada urbana y suspiró.

- *"No, bueno... sí, estoy bien. Tuve un día pesado en el trabajo, es todo".*

Las luces tan apacibles de la gran urbe se tornaron rojizas justo al sonido de aquellas palabras, fue entonces cuando, por primera vez, giró su rostro hacia su madre y pudo notar lo que sucedía. Ya no era la figura familiar de Ellen Henderson. Era otra cosa. Y las luces continuaron su descenso en intensidad y en color. Más rojas, más siniestras.

La brisa suave tampoco era una brisa suave ya. Gradualmente se convertía en viento que arrastraba algo semejante a hojas muertas arremolinándolas en torno al columpio de madera que ya no se balanceaba sutilmente, ahora comenzaba a mecerse con cierta fuerza a resultas de los impulsos de aquel aire súbitamente violento.

En un instante, Isabelle tenía justo frente a ella, la estampa más y más grotesca de su madre.

LA LIGA DEL HORROR, CAPÍTULO 1: "PERVERSA"

- *"¿Qué pasa, cariño? ¿La pobrecita niñita no está contenta con su nuevo trabajo? ¿Es eso lo que te molesta, perra inmunda? ¿Es eso?"*

- *"¡No, otra vez no!"*

El grito Isabelle resonó sólo en su mente pues tan petrificada se encontraba, que ni un solo sonido había salido de aquella boca que se abría tanto por las palabras que escuchaba, como por la voz distorsionada y terrible con que eran pronunciadas.

Ellen Henderson seguía en su infernal metamorfosis al igual que todo a su alrededor. No más vista urbana agradable, no más luces de mercurio tranquilizadoras, no más brisa acariciante, no más mecerse suavemente en el columpio de feliz memoria, ¡no! Ahora eran huracanes fétidos por doquier, ojos sangrantes culminando en arbotantes de huesos roídos, ratas infestándolo todo y el olor, si a aquella pestilencia se le podía llamar así.

Sin duda alguna, lo más impresionante era la demoníaca figura de la madre de Isabelle acercándose de nuevo pero aún más espeluznantemente, si acaso fuera posible, como un agente del mal, puro y aterrador hasta dimensiones metafísicas.

Las quijadas desproporcionadas, los ojos malignos y hemáticos, la piel verdosa, ajada, arrugada como pergamino de mil blasfemias, de un millón de infamias. Esa era ahora Ellen Henderson.

El miedo paralizó por completo a Isabelle. Jamás pensó que sus alucinaciones pasadas pudieran ser peores, pero lo que tenía enfrente, lo que le rodeaba y quien le amenazaba, claramente era mucho más aterrorizante que todo lo que había experimentado.

¿Hasta dónde llegaría? ¿Qué más podría ocurrirle? ¿Era eso la locura? ¿Eran aquellas visiones del más horrorífico inframundo la esquizofrenia que volvía asesinos a personas comunes y corrientes? ¿Por qué a ella? ¿Cuándo iba a terminar aquel infierno?

Sólo la mente altamente entrenada de la joven podía hacerse semejantes preguntas en medio de aquel caos producto del lugar más horripilante del universo en que se había convertido el balcón de su departamento.

Ahora ya no estaba ahí. Ahora era la misma maldita parroquia del demonio, sitio de tormentos infinitos, de terrores eternos.

Sintió que algo también se estaba transformando en ella misma. Una extraña sensación le hizo mirarse sus manos. No eran ya las manos de una mujer en su veintena ¡No! ¡Eran las manos de una niña de cuatro o cinco años!

LA LIGA DEL HORROR, CAPÍTULO 1: "PERVERSA"

Quiso gritar, quiso desgarrarse en un llanto, quiso despertar de aquella pesadilla más allá de la locura más diabólica; no pudo.

Se tocó el rostro, se palpó el cuerpo, se miró el vestidito de figuras rectangulares azules percudido, semejante a un trapo viejo como el uniforme de un cadáver escolar.

Alzó la mirada, otras niñas, quizá un poco mayores que ella, en esa dimensión satánica, se acercaban a Isabelle-niña.

Sus rostros eran un espanto tras otro, un pecado innombrable cada una de sus miradas; pequeños demonios poderosos, ancestrales, invencibles.

El acecho se convirtió en ataque franco. Todas sobre el cuerpo de la niña absolutamente indefensa que albergaba ahora la conciencia de Isabelle, la atacaban despiadadamente, le jalaban el cabello, le llenaban de puñetazos el rostro, la espalda; arañazos que se sentían en todo el cuerpecito decadente.

Sangraba, sangraba de cada herida, pero más sangraba por el terror de aquel infierno que ni el mismísimo Dante hubiera podido siquiera imaginar.

Isabelle sentía tal dolor que desfallecía.

La silueta de lo que parecía ser una monja surgió de entre la tiniebla rojiza que era aquel ambiente. Quizá esa mujer vendría al rescate, pero conforme se acercaba, sus rasgos abominables se hacían más evidentes. De pronto ya no caminaba, ahora se volcaba en una carrera infernal sobre la niña a quien lejos de rescatar, comenzó a vejar de las maneras más indescriptibles que pudieran imaginarse.

No era posible medir el tiempo que duró aquella tortura como tampoco era posible medir el nivel de dolor que sufría y a pesar de ello, no moría, no caía, pero tampoco terminaba.

Isabelle recordó la estrategia que le había librado otras veces de tan hórridas vivencias. Cerró los ojos; los apretó más y más, cada vez más fuerte, con todo lo que le quedaba de coraje y por fin gritó. Gritó y gritó con aquella fuerza venida de algún recóndito y oscuro lugar de su mismísimo ser. Ahora abriría los ojos y todo aquello habría terminado. Así lo hizo. No obtuvo el resultado esperado.

Si bien se libró del punzante sufrimiento y del dolor desgarrador de las malditas huérfanas-demonios, no llegó a la realidad que ella deseaba.

Pudo sentir que su cuerpo ya no era el de una niña, era la mujer que había entrado en ese mundo escabroso, sin esperanza, tortuoso, horripilante y fétido hasta la locura.

Lo único que pudo reconocer, sin embargo, fue la efigie de la monja traidora de unos instantes atrás. Pero era más vieja por veinte o treinta años. Ya no llevaba el hábito macabro, ya no llevaba nada encima y su grotesca desnudez no hacía sino acentuar lo decadente de su ser abominable.

Isabelle notó algo más. La mujer no estaba de pie. Flotaba. Flotaba como si una fuerza oscura la sujetara de los pelos grises y ajados, entrelazados en una trenza improvisada, detestable.

La joven se acercó intrigada. Entonces fue que lo vio. Sí, era él otra vez. Lo reconocería hasta el fin del mundo. Era el mismísimo demonio hecho de sombras, sangre, odio y rencor que en su otra visión sucúbica le había abierto la puerta infranqueable pero que había aplastado despiadadamente a la mujer desconocida entre las garras de la "Doncella de Hierro" ¿Qué vendría ahora? ¿Qué más? *"¡Ya no más, por favor! ¡Ya no más!"*

Intentó cerrar los ojos una y mil veces; apretarlos más y más fuerte; gritar, desgañitarse, bramar como una bestia herida de muerte. Nada funcionó.

La imagen horrenda permanecía y el demonio mayor e invencible seguía ahí, sujetando los despojos de la monja asquerosa que apenas respiraba, de aquel remedo de humano que con cada gemido de dolor hacía temblar los pellejos que tenía por piel.

Tenía que enfrentar aquello; quizá y sólo quizá, de esa manera se libraría de ese Hades infrahumano en el que se hallaba.

Se acercó abriéndose paso por la inmundicia que mediaba entre ella y aquel demonio supremo y conforme lo hacía, le era más claro y evidente lo que estaba a punto de suceder. De los pies enjutos y casi podridos de la monja, colgaban de sendos cables hechos de algún material desconocido, dos suertes de piedras negras a manera de lastres; debajo de ella, justo entre los pies de la desdichada mujer, Isabelle pudo vislumbrar una especie de artefacto brillante, afiladísimo, montado sobre una especie de banco.

Fue entonces que Isabelle lo comprendió. La vieja maldita colgaba justo por encima de aquel banco con forma de viga triangular y en cuyo ángulo superior remataba el filo brillante y dispuesto de una hoja metálica.

La sonrisa maquiavélica del ente de sombras y muerte que sujetaba a la anciana anunciaba la tragedia.

LA LIGA DEL HORROR, CAPÍTULO 1: "PERVERSA"

Isabelle corrió para tratar de evitar la espantosa muerte de aquel ser humano decadente pero humano al fin, igual que ella.

Y corrió, corrió tan rápido como pudo y sus pasos desesperados no hicieron sino acercarla lo suficiente para escuchar el chasquido pegajoso del cuerpo de la anciana que, al ser dejada caer por aquel engendro que ahora *"se cagaba de risa"*, se partía en dos desde la vagina hasta el esternón impulsada por el peso de las rocas negruzcas atadas a sus tobillos.

La sangre, las vísceras, los huesos cercenados sin misericordia, los músculos finamente desgarrados, pero sobre todas estas cosas, el rostro impresionantemente deformado más por el dolor sin fin que por la decadencia pútrida de sus años forzaron a la joven a apretar sus párpados hasta el límite y proferir el grito más desgarrador de que era capaz y que retumbó en todo aquel antiuniverso del que, al parecer, el demonio carcajeante y supremo que tenía enfrente, era el dios.

Isabelle abrió los ojos y se despertó. Se incorporó de un solo movimiento. El sudor le cubría el cuerpo desnudo. La frente, el pecho que no dejaba de respirar a una velocidad propia de una estampida, la espalda fina que transmitía la humedad a las sábanas blanquísimas de su cama. Las manos le temblaban imposibles de controlar. Estaba en su habitación, ciertamente. Presuntamente dormía. ¿Otra espantosa pesadilla u otro presagio inverosímil?

Tomó su celular que yacía en su mesita de noche, como siempre. Miró la hora. Tres veintidós de la mañana. Intuyó lo que seguiría a continuación. En efecto, sonó anunciando a quien la llamaba a semejantes deshoras. "Jack", podía leerse en la pantalla del aparatito. Isabelle contestó intuitivamente.

- *"¿Jack?"*

- *"Henderson, te necesito de inmediato"*.

Isabelle todavía respiraba con agitación un poco como resultado de su terrorífica experiencia y otro tanto por la no tan inesperada llamada que no auguraba nada bueno.

- *"No, bueno, claro. Otro asesinato espantoso ¿verdad?"*

- *"Mejor date prisa ¡esto es una puta pesadilla! No te lo puedes imaginar"*.

Jack hablaba conteniendo tanto como podía, un estado de shock que le aumentaba cada segundo.

- *"Lo sé Jack, lo sé, y no te imaginas lo que esto significa"*.

LA LIGA DEL HORROR, CAPÍTULO 1: "PERVERSA"

El comentario de la joven desconcertó de sobremanera al detective que ya casi no podía contenerse en su tremendo nerviosismo.

- *"¡¿Por qué dices eso, Henderson?!"*

- *"No, olvídalo, no tiene importancia. Salgo para allá de inmediato"*.

- *"Te texteo la ubicación... y, Henderson ¡más vale que te vengas preparada para lo peor!"*

- *"Estoy, preparada, Jack, créemelo"*.

EPISODIO 3

"EL ARRESTO"

Isabelle se dio tiempo para darse una ducha, después de todo, su cuerpo estaba todavía húmedo, el sudor la cubría prácticamente toda.

En realidad, no se dio tanta prisa. Así desnuda como estaba, se tomó la molestia de cambiar las sábanas pues no quería regresar a aquellas telas llenas de sudor. Se aseguró de que los nuevos cubrecamas, las sábanas y el edredón, así como las fundas de las almohadas, estuvieran frescos y bien ajustados para recibirla, desnuda de nuevo, al término de aquella jornada que se antojaba eterna.

Desechó las sábanas usadas y demás en un canasto de ropa sucia. Alargó lo más que pudo aquel andar sin ropa que últimamente disfrutaba tanto.

Por fin entró en la ducha tibia. También en ese momento disfrutó de su desnudez y de sentir cómo el sudor se iba desvaneciendo de su piel a fuerza del agua bienhechora.

Pasaron cerca de 30 minutos desde el momento en que terminó su llamada con Jack y el presente. Estaba lista y esta vez no olvidaría su paraguas. No llovía, no todavía. No había truenos ni relámpagos, a excepción de aquellos que de tanto en tanto retumbaban en su memoria.

Una vez al volante de su Prius negro fue que entendió que no eran indispensables truenos y rayos para hacer una noche misteriosa. En la conflictiva y peculiar ciudad de Los Ángeles, la niebla nocturna sempiterna, se encargaba de crear la atmósfera de incertidumbre en la urbe de los sueños rotos.

Luego de programar su GPS y de una larga travesía hasta un área desconocida para ella y por demás alejada "de la mano de Dios", arribó casi una hora después, a aquel sombrío lugar, otra bodega en ruinas.

Todavía en su coche se acercó tanto como pudo hasta donde estaba Jack quien la recibió con una desesperación entendible.

Luego de hacerle señas urgentes de que bajara el vidrio de la ventana, la abordó sin miramientos ni cortesías.

- *"¿Pues dónde chingados estabas, Henderson? ¿Por qué tardaste tanto?"*

- *"No, bueno, Jack, vine tan pronto como pude".*

Esa era una mentira descarada, pero la forense no estaba dispuesta a dar tregua a sus necesidades personales, especialmente cuando sabía lo que le esperaba ahí dentro de esa bodega que se antojaba espectral.

- *"OK, OK, OK. Henderson, no pierdas más tiempo y estaciónate ahí, detrás de las unidades de los paramédicos. Todo el mundo está como loco porque no llegas"*.

Isabelle estacionó el auto ahí, justo en donde su mentor le había indicado. Se apeó tan veloz como le fue posible y se aceró justo al portón que servía de acceso a aquel sitio tan desagradable, tan desolado.

Las lámparas que el cuerpo policíaco había instalado como parte del perímetro, le conferían, sin embargo, un cierto *"glamour hollywoodense"* al lugar.

No más fue verla y Jack, con el nerviosismo a flor de piel, descargó su impaciencia sobre la joven criminóloga que, la verdad sea dicha, lucía radiante, hermosa, y extrañamente serena.

- *"Henderson, tienes que entender que el tiempo es oro en estos casos y no queremos que se cuele nada a la maldita prensa que hasta ahora, no ha jodido en lo más mínimo cortesía de la ambición de Estrada que no quiere ni una puta mancha en su expediente, ya sabes por qué razón"*.

LA LIGA DEL HORROR, CAPÍTULO 1: "PERVERSA"

Entraron juntos. No hace falta mencionar que el detective fumó media cajetilla de cigarrillos en su espera y que lanzó, con su típico método de resorte dedo medio pulgar, la colilla que sostenía mientras recibía a Isabelle.

La caminata fue eterna, el corazón de ambos se desbocaba con cada paso.

Como era habitual, la chica portaba sus dos maletines, uno en cada mano y su equipo fotográfico, que esta vez había decidido llevar colgado al cuello en vez de en su estuche propio.

Ni el bullicio minúsculo de aquel microcosmos que los muchos elementos policiales habían montado en aquella hora previa a la llegada de la muchacha, les atemperaba en lo más mínimo el ánimo. A él por el horror del que apenas había echado un vistazo y a ella por la curiosidad de saber si encontraría lo que, de alguna manera, intuía.

Al llegar a aquel rincón funesto, Isabelle no pudo contener el espanto.

Una cosa era la experiencia onírica por muy real que pareciera -y vaya que a ella se lo parecía cada vez- y otra muy diferente, mirarlo, sentirlo, y hasta olerlo en la realidad a la que se sabía, todavía por lo menos hasta entonces, enganchada.

Y no era para menos. El espectáculo estático que tenían frente a sus ojos era más que indescriptible.

El cuerpo mutilado simétricamente de una anciana enjuta, cuyo rostro estaba desfigurado por aquellos ojos casi saliendo de sus cuencas en un gesto de dolor infinito.

Debajo de ella, una suerte de banco alargado sostenido por cuatro robustas patas. En realidad, más que un banco, era una viga triangular, exactamente como la que se le había mostrado a la joven en su alucinación nocturna y exacto era también el ángulo superior de aquel artefacto que remataba en una filosísima hoja que brillaba roja y grisácea, a la luz de los reflectores.

El cuerpo de aquella pobre vieja estaba rebanado, a horcajadas, hasta el esternón, saliéndosele intestinos y algunas otras vísceras amorfas a ambos lados del que Isabelle posteriormente identificaría como el "Burro Español".

Hasta el detalle de los tobillos portando sendos pesos amarrados a un negrísimo cable artesanal de una fibra por identificar, coincidía a la perfección con su maldita fantasía de hacía ya casi un par de horas.

Si bien se determinaría posteriormente que la edad de la víctima no rebasaba la cincuentena, su aspecto la hacía parecer de mucha más edad, quizá de unos quince o incluso veinte años más.

Los siempre presentes elementos del departamento de policía de Los Ángeles, el sargento Steve Miller y los oficiales Lou Baretta y Greta Sanderson hacían su labor; aquel de coordinación de toda logística y estos de recolectar muestras de la zona aledaña al lugar exacto del siniestro asesinato.

Otros oficiales y paramédicos completaban la estampa criminalística uniformados todos ellos, con los protocolarios guantes de látex azul.

Para culminar la imagen, la ya conocida cintilla plástica que en color amarillo y con letras negras, gritaba la esperada frase *"CRIME SCENE -DO NOT CROSS"*.

Y justo ahí, en donde se remarcaba ese límite axiológico, se había detenido Jack. Era imposible adivinar qué demonios quería decir la expresión de su rostro en ese momento. Lo cierto era que su actitud casual, quizá fingida, quizá involuntaria, le daba un aire de locura que no ayudaba en nada a mantener la calma necesaria para procesar esa horrenda escena del crimen.

- *"Henderson, me jode mucho tener que admitirlo pero tenías razón ¡chingada madre!"*

Con contento y con esa incoherencia entre su actitud y su semblante indescifrable, por alguna extraña razón el detective decidió que era buena idea presentar aquel macabro hallazgo a manera de show mediático.

Levantando su mano derecha hasta la altura de su cintura y sin dejar de ver a Isabelle a los ojos, hizo la introducción, por demás odiosa, dadas las circunstancias.

Ahora la joven podía apreciar a todo detalle el horripilante cuadro que conformaba aquella inhumana y cruel mutilación.

Los ojos azules de Isabelle se abrían al tiempo que su mandíbula inferior parecía desencajarse del horror. Después, pero casi de inmediato, vendrían las manos a cubrir la oquedad de aquella boca tan femenina y sensual que ahora se desfiguraba por tan tremenda impresión. No profirió sonido alguno, simplemente no podía.

Con un extraño cinismo más propio de un demente, Jack trató de suavizar el impacto que él veía, tenía prácticamente petrificada a la chica.

- *"¡Por favor, Henderson! No es para tanto"*.

Y al decir esto con una total falta de consideración, él mismo posó su mirada en el macabro espectáculo que tenía a sus espaldas, ahí, detenido el sufrimiento absoluto de aquella vieja, en el tiempo, en el espanto.

Jack se sintió un poco fuera de lugar y ¡vaya que si lo estaba! Se ajustó al momento y con una decepción que, por otra insana razón le parecía divertida, regresó su mirada a Isabelle sólo para hacer otro comentario inútil e impertinente.

- *"Bueno, sí. Esto es una verdadera puta mierda, Henderson. Haz tu trabajo por favor"*.

La chica se dispuso a examinar con todo cuidado el macabro artilugio de tortura y muerte. Atravesó el perímetro levantando la engorrosa pero necesaria cintilla amarilla y se adentró en aquel abismo de terror y de odio.

Lo primero que hizo fue una profusa colección de fotografías de todos los ángulos, de todas las distancias, de todos los detalles, recovecos e intríngulis tanto del artefacto en sí, como de los restos de la infeliz mujer prácticamente seccionada en dos.

Después de un buen rato, guardó su complejo equipo fotográfico, sacó de uno de sus maletines un par de guantes de látex azul, mismos que se puso en sendas manos y se hizo de sus instrumentos de colección de muestras.

La laboriosa meticulosidad del trabajo de la muchacha fue mucho para Jack.

Ya de por sí, la paciencia no era una de sus mayores
virtudes; en aquel estado y esa situación, era demasiado pedir que se contuviera y si a eso se agrega la imperiosa necesidad de un cigarrillo que le abrumaba, resultaba en un auténtico manojo de nervios.

- *"OK, Henderson, ¿qué opinas?"*

Su voz hacía imposible ocultar el estado de ansiedad
y el tremendo nerviosismo que le acongojaba.

Por otra parte, quizá a resultas de esa nueva personalidad que surgía en Isabelle, la forense contestaba firme, sin mayor complicación y totalmente dueña de ella
misma. El contraste era más que obvio.

- *"No, bueno, es claro que quien cometió este crimen y yo me inclino a pensar que se trata de la misma
persona del asesinato de la «Doncella de Hierro», co-
noce muchísimo sobre artefactos de tortura. Este, por
ejemplo, conocido como «El Burro Español» fue diseñado y utilizado por sacerdotes de la Inquisición en
procesos eclesiásticos contra la herejía en el medioevo
tardío ..."*

Aquellas palabras despertaron de su estado de estu-
por nervioso al detective. No necesitó ni un segundo de

reflexión en el contenido de esa oración para asombrarse de tan tremenda implicación.

- *"A ver, Henderson, espérame tantito. ¿Me estás diciendo que esta chingadera la usaba un sacerdote contra la gente?"*

La naturalidad de Isabelle no demostraba otra cosa que un profundo conocimiento de la impredecible naturaleza humana.

- *"En realidad, varios; todos ellos cristianos católicos, Jack. Estos instrumentos de castigo y muerte fueron aprobados e incluso bendecidos por el Papa de aquella época, un tal Gregorio Noveno. Este que tenemos aquí, sin embargo, es un modelo rediseñado".*

Isabelle tenía el don de la narrativa aunado, por supuesto, a una erudición absolutamente fuera de lo común en personas de su misma edad. Por ello, escucharla hablar era hipnótico, atrayente. No había terminado de contar aquella parte oscura de la historia de la Edad Media, muy a cuentas del caso, cuando ya el noble gigantón del sargento Miller, acompañado de los fieles Lou y Greta se habían detenido en torno a la sabia forense. Para completar el círculo de colegas conocidos, ˻ ˼ciolla y la ágil Vincent se había unido a la mi- ˻ ˼ncia para aprender algo de su jefa de departa-

Jack, al darse cuenta, de inmediato quiso tomar la batuta.

- *"¿Qué quieres decir con eso de «rediseñado»?"*

- *"No, bueno, el dispositivo original era de una construcción más rústica y remataba en clavos en el ángulo superior de la viga triangular. Este en cambio, ha sido mejorado al insertarle esta hoja, muy filosa por cierto..."*

La mente gráfica de Jack comenzó a jugarle una muy mala pasada al detective. Sin poder evitarlo de manera alguna, comenzó a visualizar la monstruosidad aquella con detalle. La piel del encuarte de las desdichadas víctimas desgarrándose por efecto de clavos enmohecidos, el insoportable dolor que debieron haber padecido, todo ese sufrimiento con la bendición de aquellos monstruos inhumanos.

Luego, conforme Isabelle proseguía con su relación, su mente gráfica le obsequió para su infortunio, las visualizaciones de esta versión "mejorada" del "Burro Español".

Miraba con aterradora claridad, cómo la hoja esmerilada hasta el punto quirúrgico violentaba aquellas carnes ya de por sí ajadas de la pobre vieja aquella; a saber qué motivos tendría su verdugo para ejecutarla de manera tan salvaje.

LA LIGA DEL HORROR, CAPÍTULO 1: "PERVERSA"

Vio los contrapesos en los tobillos ejercer la presión gravitatoria suficiente para arrastrar el cuerpo decadente hacia su "bi" sección espeluznante.

Y veía cómo entraba el filo, cómo se abría paso entre los tejidos escurridizos de sangre y entraña.

Encima, el despojo del pudor y la vergüenza de la desnudez de aquello a lo que apenas podía llamársele cadáver.

Para rematar, el detective imaginó con total claridad, el rostro de la torturada, desfigurándose conforme aquella navaja maldita le arrancaba no sólo la vida, sino la simetría biológica de su cuerpo. Una fotografía mental del horror mismo que le sumió en el abismo del miedo infinito.

Y la joven continuaba sin advertir el efecto que sus palabras causaban en su mentor.

- *"... haciendo más fácil y rápido el corte en dos del cuerpo. Esa es la razón por la cual la hoja llegó hasta el «sternum» de la víctima dividiendo el «manubrium» hasta el «xiphoides» y el «corpus sternum», de otra manera, como ocurría en la versión original de «El Burro Español», el corte no hubiera llegado jamás tan lejos".*

Únicamente la fuerza de un prolongado suspiro involuntario despertó al pobre detective de sus propios verdugos gráficos.

- *"¡Wow! OK, Henderson... «El Burro Español» ¿eh? ¡Qué nombre le pusieron!"*

Había que continuar con el procesamiento de la escena del crimen. Y había mucho trabajo qué hacer.

La explicación de Isabelle en ningún momento estuvo acompañada de inacción. Todo lo contrario. Al cabo de cerca de unos cuarenta y cinco minutos, no había quedado ni una sola pulgada cuadrada de aquel macabro artilugio, sin escudriñar.

La impaciencia de Jack, ahora por largarse cuanto antes de aquel horrendo lugar, le hizo acelerar el cierre de la escena del crimen.

- *"Henderson, ¿ya tienes todo lo que necesitas? ¿tienes dactilares y demás para el ID?"*

- *"Así es Jack. Fotos, huellas. El dental lo procesaremos en el laboratorio".*

Isabelle, sin embargo y por supuesto, no había sido la única trabajando con especial meticulosidad más que en ningún otro caso; todo el equipo, bajo la mirada escrutadora del jefe de detectives había hecho lo propio.

LA LIGA DEL HORROR, CAPÍTULO 1: "PERVERSA"

- *"Sanderson ¿terminaste de recolectar en las cercanías del mentado «Burro Español» muestras y demás?"*

- *"Sí, jefe".*

- *"¿Buscaste huellas adicionales, rastros de llantas, y toda esa mierda?"*

- *"Así se hizo, jefe".*

- *"¿Segura que buscaste bien, especialmente por huellas dactilares?"*

- *"Segura, jefe".*

- *"¿Y?"*

- *"Bueno, buscamos en todos los rincones, hicimos todo lo humanamente posible... pero de nuevo, como en el otro caso, ni una sola huella o algo que nos pudiera servir, jefe, lo siento".*

- *"¡Me lleva la chingada!"*

Jack tenía la esperanza de que Lou Baretta hubiera corrido con mejor suerte que la talentosa Greta Sanderson en cuanto a hallazgos y pistas se refería.

- *"¡Baretta!"*

De nuevo la impaciencia hacía estragos en el temperamento del aturdido Jack López.

- *"¿Dónde chingados está Baretta?"*

El joven acudió a tan burdo llamado corriendo tanto como le era posible sin comprometer la escena del crimen. Jadeando se reportaba ante su impaciente superior.

- *"Perdón, jefe. Estaba buscando unidades de circuito cerrado".*

- *"¿Encontraste alguna?"*

- *"¡Sí, jefe! Encontré un par en la entrada y otra ahí".*

El encargado de ciber análisis y electrónica forense acompañó esto último con un señalamiento exacto, con el índice de su mano derecha, del sitio en dónde se encontraba la pequeña cámara de vigilancia remota.

- *"¿Activas y operacionales?"*

- *"Así parece, jefe".*

- *"¡Excelente! Localícenme al mánager o al encargado a primera hora de la mañana y consíganme las grabaciones ¡Espérate! ¿ya trataste de contactarlo ahora mismo?"*

LA LIGA DEL HORROR, CAPÍTULO 1: "PERVERSA"

- *"¡Ahora mismo me encargo, jefe!"*

Jack se acuclilló cerca del aparato infernal y volteó a ver a su protegida quien repasaba un inventario cuidadosamente; era la colección de muestras que parecía infinita a no ser por el escrupuloso orden en que las había colocado.

Con la sola mirada parecía preguntarle si el resto del equipo podía proceder al penosísimo levantamiento del ajado y bipartido cadáver. Isabelle asintió sin apenas perder la concentración en su trabajo. El detective se dio por enterado.

- *"Sciolla, Vincent, a recuperar el cuerpo de esta pobre mujer. Cúbranla con alguna manta y pidan ayuda a los muchachos ¡Por Dios! ¡Qué desfiguro, carajo!"*

Jack, se incorporó acomodándose el pantalón mientras sus órdenes eran cumplidas al pie de la letra.

Los chasquidos asquerosos de los tejidos liberándose de la gravedad y de la cuchilla más el nauseabundo hedor que despedían los colgajos de vísceras y carnosidades, hacían más que desagradable aquella labor necesaria.

Isabelle, quien ya se había puesto de pie, cerrado su equipo y sellado las muestras, miraba la batallosa labor de desincorporar el despojo humano de la perfecta maquinaria de la muerte.

El instinto natural y entrenado del jefe de detectives, percibió una súbita intranquilidad en la muchacha; era como si se dispusiera a realizar una hazaña. Era esa actitud de los héroes que se lo están pensando antes de movilizarse.

- *"¿Qué te pasa, Henderson?"*

A manera de respuesta, Isabelle se despojó de su guante izquierdo. El detective presintió que Isabelle estaba a punto de cometer una estupidez.

- *"¿Qué estás haciendo, Henderson?"*

Sus palabras no pudieron impedir lo inevitable.

La mano desnuda de Isabelle se posó en un impulso vertiginoso e imposible sobre la asquerosa superficie del "Burro Español" que supuraba chorros de sangre, restos de entrañas y otros tejidos hediondos e inidentificables.

Un silencio absoluto, como salido de una cámara anecoica se impuso instantáneamente en torno a la joven. Todo lo demás desapareció. Ahora Isabelle ya no podía arrepentirse ¿Pero qué necesidad tenía de volver a meterse en esos submundos? ¿Qué idea demente le llevó a internarse otra vez en esos infiernos cuánticos de los que luego no sabría si saldría o no? ¡Ya estaba! Ya no había nada más que hacer sino esperar lo peor de lo peor. Y así sería.

De nuevo aquel orfanatorio sin vida, abandonado de todos y de todo. De nuevo una Isabelle alternativa.

Quizá precisamente el experimentarse a ella misma en otros momentos de una vida que jamás ocurrió, le proveyeron de la suficiente curiosidad empírica para aventurarse en alguno de los inframundos que su recién emergente locura le crearía, sólo para ella. Esta vez no sería la excepción.

Sin embargo, se sentía un poco más dueña de la circunstancia. Tenía una inusitada confianza en esa nueva fuerza que se le había manifestado desde hacía días atrás. Eso, quizá, le ayudaría a sacar algún provecho de su osadía.

Con todos estos pensamientos volando por su mente febril, le sorprendió un hecho particularmente extraño pero no del todo ajeno. Sintió que el horizonte visual había descendido algo así como dos pies. Aquello sólo podría significar una cosa, ella era ahora más joven, de menor edad, pero ¿qué tanto? Le bastó mirar sus manos para contestarse. No más de siete años, calculó Isabelle. Era una chiquilla perdida en aquel aterrorizante orfanatorio.

¿Se repetiría la historia? Así parecía pues un grupo de adolescentes, entre los diez y los catorce años se aproximaban a ella.

Apenas algo de humano les quedaban en los rostros sepulcrales y descarnados de aquellos seres demoníacos con pretexto de huérfanas.

Se abalanzaron sobre ella, como era de esperarse. La niña que ahora era Isabelle se defendió como pudo. No toleraría otro ultraje.

Eran muchas contra ella sola. Eran espantosas, horribles, insufribles, pero ahora la detective convertida en pre-púber sabía cómo defenderse, o al menos eso creía.

La batalla era formidable. Ella se defendía como una leona brava, las atacantes le hincaban uñas, dientes; le asestaban golpes aquí, allá, en todo el cuerpo, hasta que una de ellas, la mayor de todas atinó a la suave mejilla derecha de Isabelle con su palma pétrea, ósea, de piel con consistencia de cuero añejo y la derribó rotundamente.

La niña cayó sin mucho estrépito pero con un dolor que le retumbaba en todo el cuerpo y que le nublaba la vista de tan intenso.

LA LIGA DEL HORROR, CAPÍTULO 1: "PERVERSA"

Entre todos aquellos súcubos infernales tomaron el cuerpo derrotado de Isabelle y la condujeron hasta una suerte de librería en la que prevalecían telarañas, ejércitos de polvo, mugre en paredes percudidas ya desde adentro de sus materiales. El sitio aquel era terrible, horrorizante y fétido.

Con su visión comprometida por el puñetazo siniestro, la niña apenas pudo ver que los libros que se formaban en los anaqueles terregosos, pegados por algún negro milagro a los muros del edificio, eran todos de magia negra, de hechizos, de fórmulas concebidas desde el inicio de los tiempos.

Y ahí, de pie, en el centro de todo ese universo maligno, la esperaba la efigie siniestrísima de un sacerdote católico: *"¡Padre Braulio, padre Braulio!"* gritaban a coro los remedos decadentes de adolescentes que llevaban, ya a rastras, a la versión infantil de Isabelle.

La mirada de Belcebú con la que el cura negro registró a la niña derrotada decía mucho de las aviesas intenciones del clérigo oscuro aquel.

Aparentaba tener no más de cuarenta años, pero la maldad que exudaba parecía venida de eones de odio y terror.

- *"Hola, querida niña. Ven a mí, no temas. Tengo deliciosos manjares para ofrecerte, pequeña… no tengas miedo… no muerdo".*

Y su voz era la encarnación de la pedofilia misma, con ese pútrido tono dulzón que espantaría al mismísimo Calígula.

Isabelle retrocedió sabiéndose absolutamente vulnerable a aquello que jamás pensó enfrentaría. El tremor que le recorría cada célula, cada átomo, cada partícula de su cuerpo de niña, únicamente le permitió expresar de manera apenas entendible unas cuantas palabras.

- *"Por favor aléjese de mí, no me haga daño; sólo quiero irme de aquí".*

Demasiado poco para contener al monstruo que se le acercaba inminentemente.

Las huérfanas demoníacas cedieron paso retrocediendo a manera de ofrecimiento al ser repugnante aquel, de la víctima propiciatoria para saciar sus instintos enfermos.

El presbítero del Hades tomó a Isabelle por los hombros. De la boca pestilente del horrendo Padre Braulio salió una lengua babosa, decrépita y mortecina; comenzó a lamer el rostro herido de la niña con una lascivia vomitiva.

Luego de aquel inicio ritual, se puso justo detrás de la indefensa víctima y con manos cuya mejor descripción podría ser asquerosas a falta de otro vocablo más repugnante, comenzó a acariciar el cuerpo de la Isabelle de siete años.

- *"¿Ves? Yo puedo darte todo el placer de este mundo podrido, pequeña"*.

La reacción de la infante que era ahora la antes brillante forense, se podría considerar como la inacción más apabullante de que un ser humano tuviera capacidad. Ni un solo músculo, ni un solo cabello, nada en ella se movía.

Sigilosamente, las demás demonios adolescentes se habían escabullido y sigilosamente, ahora, cuatro monjas impresionantemente corroídas, podridas, se escurrieron a la escena y tomaron a Isabelle para depositarla con vulgares ademanes, en el suelo.

El espectral y abominable sacerdote se abalanzó sobre la Isabelle niña mientras las cuatro sores de Satán le daban la espalda a manera de cuatro pilares malditos mientras el repugntantísimo ser hacía presa a la indefensa criatura de su salaz apetito abominable.

- *"Ahora es tu momento de disfrutar, querida. Y no olvides mi nombre, soy el padre Braulio Giancarlo, hija mía".*

- *"¡Por favor, déjeme ir, por favor no me haga daño, se lo suplico".*

Nada pudo impedir que el detestable, malnacido e infernal sacerdote le arrancara las ropas a la infelicísima víctima. Nada pudo impedirle saciarse en su herejía con el cuerpo inmóvil de Isabelle.

A un tiempo, cometida la suprema atrocidad, todos desaparecieron.

Isabelle se veía a ella misma en el suelo, en posición fetal.

Ya no tenía siete años. Algo había cambiado en ella, imperceptiblemente, instantáneamente, de tal suerte que ahora era una adolescente de trece o catorce años.

Con un esfuerzo literalmente sobrenatural, poco a poco se puso de pie.

Su desnudez era cubierta por harapos que en algún tiempo muy lejano, fueron un uniforme, de esos de los que las escuelas católicas obligan a usar a sus alumnas. Viejo, roído, poblado de manchas añejas.

LA LIGA DEL HORROR, CAPÍTULO 1: "PERVERSA"

Su cabello juvenil no era sino un amasijo inescrutable.

Isabelle percibió su propio olor, era como el de un sin hogar, insoportable. Se veía mal, se sentía mal, increíblemente triste.

Sabía que, si tuviera a mano un espejo, su mirada reflejaría el más profundo resentimiento y odio.

De entre la oscuridad reinante en el espacio que ahora Isabelle ocupaba, las figuras fantasmagóricas de parejas lejanísimas emergían momentáneamente para disiparse, unos con rostros de desaprobación, otros con franca decepción en su expresión, algunos otros incluso con la sorna de una sonrisa humillante.

Algunas de estas parejas parecían decir: *"¿Quién querría adoptar a esta niña? ¿Quién?"*

Los miles de dúos de padres, finalmente, se materializaban al unísono formando un círculo en torno a la adolescente. Isabelle sentía un impulso suplicante por ser aprobada por una, por otra, y por otra pareja más pero todas la rechazaban inmisericordemente.

- *"Por favor, adóptenme, prometo ser buena y obediente".*

En sus palabras, Isabelle ponía el alma, el dolor de su pecho, la desesperación de la más profunda soledad, únicamente para obtener la misma respuesta hermética.

El llanto que brotaba del interior mismo de su ser llevaba la más penosa y lastimosa tristeza como la que no había sentido jamás en toda su vida.

No, definitivamente Isabelle jamás estuvo preparada para aquella vivencia.

¡Qué tonta y temeraria había sido! ¿Ahora cómo podría sustraerse de esa terrible pesadilla? No sabía siquiera cómo dejar de tocar el infame artefacto que la había llevado ahí en primer lugar.

Abriéndose paso por entre aquella multitud de parejas, con su asqueroso aspecto, llevando a cuestas incontables pecados innombrables, el padre Braulio llegaba hasta donde estaba la adolescente mendicante y la conducía, con cierta suavidad, con una desgarrada palma sobre la espalda de la jovencita, lejos de aquel tumulto espectral. La llevaba hacia una oscuridad nebulosa de otro inframundo, el más siniestro y malévolo.

- *"¿Ves? Nadie te quiere, sólo yo ¿Me entiendes? ¡Sólo yo! ¿Me escuchas? ¿me estás escuchando?"*

Estas últimas palabras, para sorpresa y alivio de Isabelle, fueron adquiriendo un tono familiar, el de Jack mientras la detective abría los ojos para comprobar, con un regocijo apenas eclipsado por semejante experiencia, que su salvador, una vez más, había sido su propio mentor quien le había hecho retirar la mano del horrible e inhumano "Burro Español".

- *"¿Me escuchas, Isabelle? ¿Qué te pasa? ¿Estás bien?"*

Ahora podía sentir la mano cálida pero firme de Jack López que le apartaba por completo del desquiciado aparato. Y junto con aquello, sentía la vida del mundo que se prometió no cambiaría nunca más por aquellas descabelladas visiones.

- *"¿Eh? ¡Ah! No, bueno, sí, estoy bien, estoy bien".*

- *"¿Qué te pasó? ¿Por qué hiciste eso? ¿Cómo se te ocurre, Henderson?"*

- *"No sé, Jack, en verdad que no lo sé..."*

Luego de aquel incidente, el resto de la jornada de trabajo transcurrió tal y como se esperaría. Aparentemente en calma, pero lo cierto es que todo el mundo ahí, en el interior de aquel vetusto, añejo y descuidado bodegón, estaba simplemente en silencio, comunicándose sólo lo indispensable, con la voluntad puesta en terminar cuanto antes de procesar aquella terrible escena del crimen, angustiante, inverosímil.

El mismo Jack supervisaba todo el procedimiento con la mirada al suelo, saliendo de tanto en tanto a fumarse un cigarrillo y a "resortear" la colilla final tan lejos como pudiera, casi a manera de competencia contra él mismo.

De Isabelle no se podría decir nada sustancialmente diferente. En su mente ella ya estaba en su habitación, desnuda y acomodada entre las sábanas recién puestas que tan sabia y previsoramente había tenido a bien cambiar. Se habría dado un baño para limpiarse no sólo cualquier rastro de sustancia biológica que se hubiera podido colar por entre sus tantos filtros de látex y tela, sino también de cualquier energía que se le hubiera impregnado de aquel espantoso, antihumano y horripilante crimen.

Tan sólo un par de horas después, todo eso que en aquel momento era sólo deseo en su voluntad, se haría realidad.

Ese resto de madrugada que le quedaba dormiría, una vez más, con esa extraña e inusitada placidez que no viene necesariamente del gusto por la labor cumplida, sino más bien, por saberse poseedora, de una locura que la llevaría al final a no ser responsable de ella misma nunca más, o de un poder sobrenatural que le cambiaba la vida a cada instante. Isabelle sospechaba que tal vez sería un poco de ambas cosas.

LA LIGA DEL HORROR, CAPÍTULO 1: "PERVERSA"

A la mañana siguiente despertó ya tarde. Había sido tanto su agotamiento, tan profundo su sueño y su descanso que ni el poder sonoro de la implacable alarma de su teléfono celular la pudo despertar.

No tenía idea ni recuerdo alguno de haber soñado, sólo dormido hasta ya entrado el día.

Se sentó con lentitud en su cama y se estiró, desnuda como estaba, bostezó no únicamente con su boca sino con todo su cuerpo.

Volteó a la izquierda y recordó que debía mirar su celular. No le importaba tanto saber la hora, era evidente que llegaría tarde al recinto de policía, sino más bien constatar que a pesar del retraso, algo podría salvar de su jornada.

Para su sorpresa, un mensaje de texto de Jack le saludaba: *"Tómate la mañana libre. Te veo después del medio día"*.

Así, de golpe y porrazo, el tiempo le liberaba, al menos por un buen par de horas más, para hacer lo que le placiera, para sentirse dueña del universo, al menos de su propio universo.

Era evidente que Ellen, por alguna buena razón, había decidido no interrumpir el sueño de su hija… o quizá sí, pero infructuosamente.

El hecho era que podría disfrutar del placer de las sábanas limpias por un rato más, de la intimidad de su propia habitación por un momento más, del hermético encierro en ella misma por ciento veinte, ciento cuarenta o hasta ciento sesenta minutos más. Y lo haría en total impunidad. Haría algo que nunca se había permitido.

Por tanto tiempo -toda su vida desde la prepúbertad- su cuerpo le resultó tabú, frontera de cualquier pensamiento que incluso, a sus veintitantos años, la conservara ajena a los placeres sexuales.

Así era, Isabelle Henderson, jefa de forenses del departamento de policía de la ciudad de Los Ángeles, era virgen en el más absoluto y radical sentido de la palabra.

Por ello, la joven decidió que al menos para ella misma, no lo sería más. Esa mañana olvidaría todo y se olvidaría de todo. Se entregaría, por primera vez en todo su existir, al placer personal de entrar en comunión con su propio cuerpo.

No le tomó mucho encender la llama interior de la sensualidad que unos días atrás, cuando se atrevió, en plena consciencia, a dormir sin ropa por primera vez, había descubierto en su ser de mujer.

LA LIGA DEL HORROR, CAPÍTULO 1: "PERVERSA"

Despertaba así la flama de mujer poseedora de un hermoso cuerpo que ahora respondía al ritmo desbocado de un cruel y eterno período de contención culposa que se terminaba ahí, en cada caricia, en cada jadeo, en cada abismo de su propia piel, que ahora sí, era totalmente de ella misma.

Renovada y auténticamente feliz después de aquella auto iniciación, Isabelle tomó una ducha -tarareó un poco bajo el agua como nunca lo había hecho- se vistió mirándose al espejo y no sólo aceptando lo que veía, sino sonriéndole al reflejo amable que tenía enfrente.

Saludó a Ellen quien detectó algo nuevo en el rostro de su hija que no supo si le agradaba o no.

Comió feliz y abundantemente y se dispuso a abordar su Prius negro.

El camino al trabajo fue cantar al unísono de su mejor *"play list"*, reír, sentirse plena y arribar a no sabía qué retos policiales. Después de todo, y esto no lo había recordado en lo que llevaba despierta, casi con total certeza, había una asesina serial suelta y ella, Isabelle Henderson, era la pieza maestra para atraparla y hacerle caer todo el peso de la justicia por sus horrendos crímenes.

Después de todo el trámite de acceso al edificio y demás rituales protocolarios, estaba ahí: La primera sala del complejo de estudios y análisis forense, el sitio conocido, bien conocido por *"Henderson"* como Jack la llamaba y como de hecho, la saludó.

- *"Henderson. Veo que te tomaste en serio lo de la mañana".*

- *"No, bueno, perdón. Quizá se me hizo un poco más tarde..."*

- *"No ¡Qué va! Bromeaba, Henderson, llegas a muy buena hora".*

Isabelle, encontró al detective sentado a la mesa, no muy grande, de una especie de sala de juntas; aún sostenía una pluma y era evidente que llenaba o preparaba algún reporte, así, "a mano" como le gustaba hacerlo antes de pasarlo a su laptop, que yacía también ahí, servicial, junto a su cuaderno de notas.

La joven se detuvo en su entrar y después de aquel breve intercambio de saludos, se quedó de pie justo frente a Jack.

Entrecerró un poco aquellos ojos azules intensos a manera de dejar ver al detective que ella notaba algo i-nusual.

- *"¿Dónde está todo el mundo, Jack?"*

LA LIGA DEL HORROR, CAPÍTULO 1: "PERVERSA"

- *"Procesando las muestras de la escena del crimen. Pero hay algo que me gustaría saber, Henderson".*

- *"No, bueno, ¿qué te gustaría saber, Jack?"*

Jack era un caballero, *sui generis* pero un caballero al fin. No podía soportar estar sentado mientras su joven protegida permanecía de pie tal vez incómoda. Por ello, antes de proceder, con un ademán gentil, invitó a Isabelle a tomar asiento. Después de todo, uno de los confortables sillones estaba justo junto a ella; la muchacha se sentó en ése, intrigada, con cierta lentitud, inmediatamente después del cordial *"Toma asiento Henderson"* que acompañó el gesto del detective y al que ella contestó con un *"OK"*.

Jack suspiró, se arremolinó anchamente en su sillón y adoptó su gustada postura de dominio que consistía, ya se sabe, en colocar ambas manos en su nuca haciendo algún aspaviento imperceptible con los codos.

- *"Henderson, mientras llegan los primeros resultados del laboratorio, necesito que me compartas tus más profundos pensamientos acerca de este caso, pronto-a-convertirse en asesinato serial".*

- *"No, bueno, es evidente que ya es un caso de asesinato serial".*

- *"OK, OK, OK"*.

Jack se enojó, quedamente con las autoridades sanitarias del estado de California y lo manifestó con un casi susurrado *"¿Por qué chingados no se puede fumar aquí dentro? ¡Carajo!"* que si bien Isabelle escuchó perfectamente, estaba destinado sólo a él mismo.

- *"Como quiera ¿tú crees, sinceramente que esto se convierta en un problema?"*

- *"No, bueno, pues depende"*.

- *"¿Depende de qué, Henderson?"*

Esto último, inevitablemente, llevaba un poco de esa impaciente ansiedad tan pronta a notarse en el temperamento de Jack López.

- *"De si la atrapamos o no… antes de que vuelva a asesinar, me refiero"*.

- *"De todas maneras ¿quién es esta tipa, Henderson?"*

A Isabelle le pareció fuera de lugar que Jack le hiciera esa pregunta, hasta que comprendió que era más bien hipotética.

Su "yo" erudito y profesional le respondió al detective de la manera más concisa y precisa que pudo.

LA LIGA DEL HORROR, CAPÍTULO 1: "PERVERSA"

- *"Definitivamente, Jack, su "modus operandi" encaja perfectamente con el perfil de una sicópata delirante, el de una asesina en serie tratando de obtener atención. Es altamente probable que actúe de nuevo, una y otra vez, volviéndose cada vez más y más cruel en sus métodos".*

- *"¡Vaya pronóstico, Henderson, ¡chingado!"*

El detective suspiró. Aún mantenía ambas manos sujetas a su nuca. Su mirada cambió un poco, sin embargo y se clavó en Isabelle.

- *"Me caes bien, Henderson, definitivamente me gustas".*

- *"No, bueno, supongo que, gracias".*

A pesar de estarse liberando poco a poco durante los últimos tres o cuatro días, Isabelle aún conservaba intacta su capacidad de sonrojarse ante comentarios como aquel, especialmente si venían de Jack López. No supo ni siquiera en dónde esconder su mirada.

En un inesperado acto de valentía, el detective bajó las manos con cierta premura, recargó ambos codos en la superficie de la mesa de trabajo y se adelantó, lateralmente y con toda su galantería, hacia Isabelle, que estaba sentada justo a su lado.

Sin dejar de mirar a la joven directamente a los ojos, azules profundos, y ahora brillantes, cambió su tono de voz dejando atrás el *"modo colega"* para transformarse en algo más personal, más íntimo.

- *"No, Henderson, quiero decirte, en serio, que me gustas"*.

Ambos se quedaron a un par de pulgadas el uno de la otra. Decir que sus alientos se confundían, es decir muy poco. Eran uno solo y una sola mirada.

El sitio y el momento no eran, lamentablemente, los mejores para el esperado desenlace de aquella declaración tácita. Jack e Isabelle se percataron de ello.

Él fue, sin embargo, quien rompió el embrujo.

- *"OK, Henderson ¡vamos a atrapar a esa pinche asesina!"*

- *"¡Vamos a atraparla!"*

Isabelle no había terminado de decir esta frase, cuando arribaron Lou Baretta y Greta Sanderson, ambos llevando sendos vasos desechables con café, el uno negro, la otra *"mocha cappuccino"*.

La despreocupación con la que llegaron a la sala de juntas del recinto de los laboratorios forenses desapareció en cuanto vieron a aquellos dos, Isabelle y Jack, mirándose a los ojos, con los rostros prácticamente a una cercanía de un beso; una situación que evidenciaba que algo más que meramente profesional se estaba dando.

Greta quedó muda. Lou reaccionó luego de un par de segundos con una frase salvadora.

- *"Perdón ¿interrumpimos algo?"*

Como dos adolescentes a los que el mundo se les había olvidado y de pronto se les viene encima con toda la ración de culpa, el detective y su protegida se despegaron del embelesamiento mutuo tan velozmente como la vergüenza se los dictó.

- *"¡No! ¡Para nada!"*

La voz de Isabelle brotaba con fingido desenfado.

- *"Estaba viendo que a Isabelle al parecer... le había... entrado algo en el ojo".*

La torpeza con la que Jack había dicho aquella frase tan estúpida no ayudó en nada a la suspicacia de los internos forenses recién llegados, quienes más por pena que por educación, simplemente decidieron hacer caso omiso tanto de lo comprometedor del hecho como de las ridículas respuestas.

Jack era un profesional y un lobo de mar, si se permite la expresión, y para la imagen que se había forjado durante 15 años en el cuerpo policíaco, aquellos devaneos con una colega, bastante más joven que él, para complicarlo todo, no eran recomendables.

Con este pensamiento, logró sacudirse por completo todo hálito de romanticismo juvenil y retomó su papel de hombre fuerte y guía de aquel equipo. Y era que se estaban enfrentando a un gran problema que requería de toda su concentración.

Al tiempo de estas reflexiones todos habían ya tomado asiento en torno al legendario Jack López, el mismo que ahora enfrentaba el que era, hasta ese momento, uno de los peores casos de homicidio serial del que se tenía noticia.

- *"OK. Vamos a ver. Sanderson, Baretta ¿qué me tienen?"*

La pelirroja tomó la palabra con esa confianza en ella misma que le brindaba el trabajo bien hecho.

- *"Jefe, tenemos avances importantes..."*

- *"¡Vaya! ¡Ya era hora!"*

- *"Sí, cotejando las dactilares en prácticamente todos los bancos, pudimos obtener un ID positivo del segundo caso..."*

LA LIGA DEL HORROR, CAPÍTULO 1: "PERVERSA"

A Jack le gustaba llamar a las cosas por su nombre. Odiaba las vaguedades y las ambigüedades. Le molestaba sobremanera no tener un término preciso para referirse a estos hechos criminales. Por ello, no dudó en interrumpir a la joven. Volteó hacia Isabelle, quien en todo caso estaba sentada justo enfrente de él.

- *"Henderson ¿puedes determinar si en ambos se trata de la misma asesina? O sea ¿podemos decir que estamos enfrentando a una asesina serial? ¿Podrías tener una idea de quién sería su próxima víctima?"*

- *"No, bueno, por el modus operandi es altamente probable que así sea, y siguiendo este patrón es posible que su siguiente víctima sea otra mujer sajona, presuntamente, entre 30 y 60 años, en algún sitio abandonado, pero..."*

Para el detective, aquello era más que suficiente, al menos por el momento, aunque interiormente no estaba del todo satisfecho, necesitaba algo contundente.

Sin decir ni una palabra, observó a cada miembro del equipo forense ahí reunido. Miró a Isabelle, luego a Lou y por último a Greta, quien, sin mediar pregunta, se dio por aludida. Así de penetrante era la mirada de Jack.

- *"Hemos podido confirmar la identidad de la segunda víctima, se trata de Margaret O'shanigan, una religiosa retirada que solía pertenecer a la orden de las Hijas de La Santa Madre de Los Ángeles, orden ya extinta y que solía operar orfanatorios. Ella, en particular, se desempeñó en el que estaba adjunto al templo del Corazón del Redentor, lugar que, según registros, fue cerrado hace más de 15 años después de ciertos escándalos..."*

- *"Una monja ¿Eh? ¿Quién lo diría? ¿Se logró identificar a la primera víctima? ¿Alguna relación entre ambas?"*

- *"No hasta el momento..."*

Todas las revelaciones le hicieron temblar la consciencia a Isabelle quien de inmediato palideció ante lo que estaba escuchando.

La cadena de mando se había roto hacía tiempo. Si bien, tanto Lou como Greta estaban técnicamente bajo la supervisión directa de la flamante jefa del departamento forense, antes de que esta asumiera el cargo y justo después del anuncio del inminente retiro del doctor Lee, Jack había dado la orden de que todo lo referente a casos criminales de envergadura se le notificaría directamente a él. Esta instrucción se habría de anular con el nombramiento de Isabelle. Lo imprevisto de los recientes acontecimientos no habían dado la oportunidad de que así se hiciera, por lo tanto, los subalternos no tenían más remedio que reportarle directamente al detective López, lo cual, no le desagradaba del todo.

Isabelle, sin embargo, se sentía tremendamente vulnerable ante aquella situación, pero por el momento, decidió simplemente esperar.

Jack analizaba la información en silencio, en su mente, formulándose para él mismo, tantas hipótesis como le era posible.

En algún momento, Lou se levantó de su asiento y se acercó al detective para susurrarle algo muy quedamente. El nerviosismo de Isabelle creció. Supo que aquel secreto versaba sobre su persona pues la reacción súbita e indiscreta de Jack ante lo que le decía Baretta al oído, le hizo mirar a la chica repentinamente y con grandes ojos.

De inmediato contuvo su sorpresa y se desenganchó de la incómoda circunstancia gracias a que, justo al toque, su celular, que había dejado sobre la mesa de trabajo, vibró con un oportunismo salvador.

- *"Dame un momento, Baretta, tengo que atender esta llamada".*

¡Listo! Con esa frase se libraba de toda perspicacia. Al menos eso pensó.

Al otro lado de la línea, una impaciente Karla Estrada le reclamaba su presencia inmediata, a lo que el indómito Jack López, no tuvo más remedio que sucumbir con un sumiso *"Claro que sí, Estrada, voy para allá"*.

De nuevo el silencio hizo presencia, incómoda presencia, de hecho.

- *"Gentes, vamos a seguir trabajando. Sanderson, continúa con el ID de la siguiente víctima. Lou, el material del que me hablaste, directo a mi laptop. No lo comentes con nadie ¿entendido? ¡Con nadie más que conmigo!"*

- *"Sí, jefe"*.

Isabelle le miró suplicante ¿Qué tarea le asignaría a ella en este caso?

- *"Henderson, averigua si queda algún registro del orfanato este del que habla Sanderson, coordínate con ella. Te va a servir como entrenamiento de archivo, si es que todavía te quedan ganas de incorporarte como detective…"*

- *"Por supuesto, Jack. Así se hará y así lo haré"*.

Detrás de aquellas palabras, con las que la aprendiz de detective reafirmó su interés y ocultó su inquietud,

López cerró su laptop de un solo golpe y, llevándola consigo, abandonó el sitio a toda prisa.

En cuanto la ausencia del improvisado "jefe" se hizo presente del todo, la atribulada Isabelle Henderson volteó a ver un Lou Baretta que se debatía entre sus lealtades. No hizo falta que mediara pregunta alguna. Ambos entendían lo que tenían que entender. Lou, que su superior necesitaba conocer los detalles del misterioso secreto entre Baretta y Jack. Isabelle, que el joven no podía compartir ninguna información de su reciente hallazgo.

No le quedó más remedio a *"Henderson"* que abocarse a su trabajo. Junto con Greta, salieron de la sala de juntas en busca de registros de aquellos olvidados lugares de aparente caridad.

Jack se movilizó a través de elevadores, pasillos y demás recovecos del recinto con gran agilidad a pesar de llevar cargando su preciada laptop, ligera pero un tanto voluminosa.

El famosísimo Departamento de Policía de la ciudad de Los Ángeles, no sólo era un laberinto histórico en sus anales, también lo era físicamente.

Antes de anunciarse en la oficina de la directora Estrada, suspiró en busca de tranquilidad, de normalidad.

A aquella mujer le desagradaba de sobremanera los exabruptos y la gente nerviosa, especialmente "su" gente desparramando intranquilidad aquí y allá. Así lo había dicho una y mil veces.

Luego de unos instantes, retomó lo que pudo de compostura y tocó a la puerta, siete veces como siempre lo hacía. Siete "toquidos" ni tan fuertes ni tan suaves. Estrada sabría de inmediato que la persona a la que más le urgía ver en ese momento estaría del otro lado del umbral.

- *"¡Pasa, Jack!"*

Y Jack pasó, justo después de abrir la puerta con total educación. Lo siguiente fue tomar asiento antes de que la directora se lo ordenara.

En aquel momento, el detective López era un sabueso, un rottweiler, un pitbull si se quiere, pero con la cola entre las patas.

- *"¿Me puedes explicar qué demonios está sucediendo? ¿Tenes idea de lo que me está costando evitar que nada de esto se filtre a la prensa? ¿Estamos en la era de las malditas viralizaciones, Jack ¿qué parte de "más-te-vale-que-esto-no-sea-un- problema-para-mí" no te quedó clara en nuestra última conversación?"*

LA LIGA DEL HORROR, CAPÍTULO 1: "PERVERSA"

Karla Estrada no respondía bien al silencio estratégico del jefe de detectives pero Jack no tenía nada que decir al momento. No sólo tenía la cola sino también la vergüenza entre las patas. No sabría explicar el hecho innegable, sin embargo, de que no tenía más que una identidad que, vagamente le serviría de algo. Era un comienzo, cierto, pero su valor en la investigación era bastante relativo.

- *"Por lo menos dime que tienes algún avance, ¡Por Dios! No te quedes ahí callado, mirándome como un robot. ¡Dame algo, con un demonio!"*

¿Qué podía darle?

- *"OK, Estrada, entiendo tu intranquilidad..."*

- *"¿Intranquilidad, dices? ¡Estoy que me lleva el diablo, Jack!"*

- *"OK. Mira, tenemos ya identificada a la segunda víctima, además..."*

- *"¿Vienes a decirme que tienes identificada a la segunda víctima? ¿Eso es todo lo que tienes?"*

- *"No, por supuesto que no... dame el día de hoy. Baretta, al parecer tiene algo sólido. Déjame regresar y te reportaré directamente a ti los hallazgos".*

- *"¡Pero por supuesto que me vas a reportar a mí los hallazgos! Tienes hasta el final del día a menos que quieras que mi meta no se cumpla en estas elecciones, en cuyo caso, mejor acostúmbrate al trabajo de oficina, porque el único sol que vas a ver, si no me resuelves este desmadre, va a ser el del almanaque de la oficina de archivos, Jack. Y sabes que yo lo que digo, lo cumplo".*

- *"Hoy tendrás algo sólido".*

- *"Quiero resultados, Jack ¡resultados! Si estos se declaran asesinatos en serie tendremos encima a los graciosos colegas del FBI. Además, ya no podré parar a la prensa. Quiero que cuando esto explote, tenga argumentos tranquilizadores y no carne de esa que les encanta a los reporteros y que me coman viva esos buitres. ¿Entendido?"*

- *"Sabes que cuentas conmigo. Me reportaré al final del día sin falta".*

- *"Con resultados, Jack, con resultados".*

De nuevo aquella manía de la repetición dramática de su última frase. Eso quería decir sólo una cosa: O entregaba resultados o era el fin de su carrera policial.

El detective de la cola entre las patas salió a la orden de *"Puedes retirarte, Jack y cierra la puerta al salir".*

LA LIGA DEL HORROR, CAPÍTULO 1: "PERVERSA"

En realidad, no era eso lo que más le preocupaba. De una manera u otra, sabía "torear" a la directora Estrada. Lo que le tenía absolutamente perdido y ansioso era aquel descubrimiento que había hecho Baretta y del que le susurró al oído *"Mejor que usted lo vea solo, jefe"* ¿Por qué tendría qué verlo él sólo? ¿Qué encontraría en la grabación del circuito cerrado?

Se dirigió sin dilación a su oficina, cerró la puerta tras de él, bajó las persianas y las cerró; se sentó a su escritorio, puso de prisa su laptop y la abrió. Tecleó su nombre de usuario y su contraseña; husmeó entre los correos internos y de inmediato lo vio: *"CCTV video exp. 254678"*. El remitente no era otro que Lou Baretta. Abrió el archivo desesperadamente. Extendió el campo visual hasta *"full screen"*.

En ese punto, justo al inicio de la secuencia de video, sintió que se le acababa la vida, al menos la de detective. No podía dar crédito alguno a lo que estaba viendo. Aquello, simplemente, no podía ser.

Isabelle estaba ansiosa; no un poco sino muy ansiosa. En el fondo, ella también tenía ese "instinto", ese "sexto sentido" que, si bien le confería la vocación necesaria para su aspiración a detective, también le alertaba cuando algo fuerte estaba por suceder, en general o para ella misma.

Trató como pudo de concentrarse en su trabajo; hacía equipo con Greta y las dos muchachas se complementaban fantásticamente. Si bien Isabelle era algo mayor que su contraparte, esa experiencia acumulada le jugaba a favor definitivamente. Por otro lado, la oficial Sanderson le infería un cierto dinamismo a la dupla. Lo que no se le escapaba a la una, lo aportaba la otra.

Bromeaban mucho acerca del parecido de sus apellidos, coincidencia que aprovechaban, siempre que podían, para relajarse un poco. *"¿Qué le parece esto, señorita Henderson?"*, *"Me parece muy bien, señorita Sanderson"* y ocurrencias similares.

Ese día, sin embargo, Isabelle no estaba muy receptiva a ese tipo de chascarrillos. Greta lo notó de inmediato; la conocía bien.

- *"¿Pasa algo, Isabelle?"*

- *"No, bueno… no es nada…"*

- *"Te conozco muy bien. No te lo pregunto cómo subalterna, que ya sé, que eres la jefa; te lo pregunto como amiga. Te noto tensa ¿Está todo bien?"*

- *"No, bueno, es que, sinceramente, me tiene un poco ansiosa lo que Baretta le comentó a Jack al oído;*

sentí como si fuera precisamente yo la que no debía escucharlo".

- "¡Tonterías! Verás que no es nada ni remotamente relacionado contigo".

- "Eso espero, Greta".

En ese tenor, prosiguieron intentando por todos los medios a su alcance, de ubicar la identidad de la primera víctima y cuál era su relación con la pobre y ya muy mayor monja ajusticiada precisamente con ese horrendo "Burro Español".

A ambas oficiales, sus respectivos instintos policiales les decían que tenía que haber alguna relación entre las víctimas. Una, la primera, de mediana edad; la otra, una anciana. Las dos, sajonas; ambas de ojos azules, la una y la otra, presuntamente rubias. Asesinadas brutalmente con sendos instrumentos de tortura, el primero recreado y el segundo mejorado a partir del original. ¿Por qué de la primera no existía registro alguno, aparentemente, si era más joven que la senil mujer de la que con relativa facilidad se pudo ubicar su identidad?

Luego venía el modus operandi. La asesina se aseguró de no dejar ni el más mínimo rastro de ADN, ni la más pequeña huella dactilar.

Y esa vestimenta extraña, y sobre todo, la fuerza descomunal de la siniestra mujer aquella.

Eran todo preguntas y nada respuestas.

Isabelle no supo en qué momento se tranquilizó pero el tiempo transcurrió con rapidez.

No tenían mucho avance, pero al menos pudieron detectar un par de potenciales fuentes de información que había que desenmarañar para identificar a la primera víctima. No era mucho, pero les había costado un gran esfuerzo dar con ellas.

En fin, ya tenían al menos un par de horas en ello y la joven jefa de forense se había enfrascado de tal suerte que la ansiedad se disipó… hasta que Jack apareció llevando su laptop.

Los siete golpecitos que le dio a la puerta abierta del cuarto de archivos delataron su presencia. Fue verlo y sentir que el corazón se le salía encarrerado.

Greta a penas si se inmutó.

- *"Sanderson ¿puedes dejarnos solos un momento?"*

Entonces la muchacha tomó sus cosas y salió discretamente. Sin que se lo pidieran, cerró la puerta tras de ella.

Isabelle casi la envidiaba. Clavó su mirada en los o-jos del detective quien se acomodó con penosa lentitud en el escritorio. Colocó con mesura su laptop, levantó la pantalla y tecleó los protocolarios para acceder al sistema operativo. Dejó señalado con el cursor el archivo del video que tanta conmoción le había causado pero sin ejecutarlo. Tenía que prevenir a su protegida para minimizar, si eso era posible, el impacto.

- *"Henderson, lo que vas a ver a continuación te va a impactar. Hasta ahora no he podido encontrar explicación alguna. Por favor, sé tan analítica como te sea posible con este video y trabajemos juntos ¿de acuerdo?*

- *"No, bueno... me estás asustando, Jack. ¿De qué se trata?"*

El detective simplemente procedió a iniciar la secuencia de video y de inmediato extendió el campo visual hasta que las imágenes abarcaron la totalidad de la pantalla de la laptop.

La poca iluminación de aquella habitación en la que prevalecían lámparas de mesa agregó más drama al momento que Isabelle vivía.

Corrió el video.

Esta vez, gracias a los procesos de mejoramiento gráfico y redefinición de la imagen, la claridad no dejaba lugar a duda.

Lo que Isabelle estaba viendo, era lo que había sucedido, con total certeza.

La chica estaba horrorizada al punto del llanto. El ataque de pánico estaba ahí, a punto de brotar en todo su esplendor.

Únicamente el férreo control mental producto de años de entrenamiento forense le permitió contener la angustia que se agrandaba con cada cuadro que veía.

Jack estaba totalmente inmovilizado por la ansiedad que le causaba el ver a su protegida en ese estado.

Recordó que en el primer asesinato habían dejado inconclusa una conversación, una confesión importante. ¿Estaría relacionada con aquello que estaban viendo?

En un momento, Isabelle no pudo más. Un llanto que no venía solamente de ahora; venía desde aquella primera experiencia horrenda con su madre y se prolongaba hasta el mismísimo momento que estaba viviendo.

Jack la abrazó tratando de arreglar su mundo con sus brazos protectores.

LA LIGA DEL HORROR, CAPÍTULO 1: "PERVERSA"

Ella no podía parar de llorar, gemía quedamente, como correspondía a la jefa de la unidad forense del departamento de policía de la ciudad de Los Ángeles.

- *"Jack ¿estás seguro de que soy yo? Esa mujer nefasta, esa asesina despiadada ¿soy yo? ¿Es verdad lo que estoy viendo? ¿Soy yo quien corta el cable para que esa pobre desgraciada se parta en dos? ¿Cómo puede ser, Jack?"*

- *"Lo sé. Henderson. A mí mismo me ha costado muchísimo trabajo creerlo. En cierta manera no eres tú, no estás en tus cabales. Pero por el momento tenemos el ID positivo de tu persona. Es verdad que no hay huellas digitales, por lo que la investigación continúa, pero, hasta este momento, eres tú la principal y de hecho, única sospechosa, Henderson".*

La devastada chica se dio cuenta de que justo afuera de la habitación del archivo, aguardaban el mejor amigo de Jack, el sargento Steve Miller y otro oficial.

Con toda la cortesía que ameritaba el penoso arresto de un muy querido miembro de la fuerza, procedieron de acuerdo con el protocolo, haciendo únicamente la excepción de no esposar a Isabelle por razones obvias.

- *"Isabelle Henderson, quedas bajo arresto por el asesinato de la ciudadana Margaret O'shanigan. Tienes derecho a permanecer en silencio. Cualquier cosa que digas podrá ser usada en tu contra en una corte judicial; tienes derecho a un abogado durante cualquier interrogatorio. Si no puedes costear uno, el estado te lo proporcionará si así lo deseas. ¿Has entendido el contenido de estas palabras, Isabelle Henderson?"*

- "Sí, Steve, lo he entendido".

- "Henderson, no te vamos a esposar, y te llevaremos por los ascensores de carga hasta la patrulla de Miller. He hablado con Estrada respecto a este tema. Por lo pronto se iniciará una investigación más exhaustiva. Asuntos Internos estará involucrado. Mientras tanto, permanecerás bajo arresto domiciliario ¿OK?"

- "Está bien, Jack. No opongo resistencia".

- "Una cosa más, Henderson. Tendrás que llevar monitor de tobillo todo este tiempo".

Isabelle estaba tan confundida que ya no acertó a contestar nada más.

El sargento y su compañero salieron escoltando a Isabelle quien se perdió entre los laberintos del edificio.

Jack se mantuvo de pie en el mismo lugar.

LA LIGA DEL HORROR, CAPÍTULO 1: "PERVERSA"

Greta tampoco entendía cómo había podido ser aquello.

Lou llegó al poco tiempo a unirse a aquel silencio profesional. Se sentía profundamente apenado de haber sido precisamente él quien hubiera hecho semejante descubrimiento. Con cada proceso que aplicaba al video, más que corroborar la identidad de su jefa de departamento, quería que sucediera todo lo contrario. Encontrar que no se trataba de ella. Era por demás. La identificación visual implícitamente denunciaba a Isabelle como la autora, al menos de este último crimen.

Jack moría por un cigarrillo. Salió a una especie de balcón improvisado en una de las marquesinas del edificio y procedió con el viejo ritual de fuego y humo. Por esta ocasión y sin que el caso sentara precedente, Lou y Greta, siempre en silencio y comunicándose con el detective a base de miradas y ademanes, se encendieron sendos cigarrillos. El viento de la tarde se llevaba el humo y un poco, sólo un poco, sus muchas mortificaciones por su amiga y compañera de trabajo.

Isabelle subió a la patrulla de Miller y su compañero. Más que evidente que nadie osó pronunciar ni una palabra. La joven se sentó dócil en la parte de atrás del vehículo.

El hecho de no ir esposada le salvaguardaba la poca dignidad que le quedaba.

Unos minutos antes, había pasado por el registro de arrestos en donde le habían colocado el monitor. A pesar de lo que pudiera parecer, no era molesto en lo absoluto; era bastante discreto y podría decirse que no interferiría con su día a día, encerrada en su propio departamento hasta nuevo aviso.

El suave vaivén del automóvil de reciente modelo le hacía incluso agradable el trayecto. Sólo esperaba que alguien tuviera la amabilidad de hacerle llegar su Prius negro hasta el garaje de su apartamento en dónde la esperaba su madre. ¿Cómo le daría la noticia? ¿Qué le diría?

Las constantes interrupciones de los diferentes aparatejos con los que estaba equipada la unidad, y sus sonidos; los repentinos y esporádicos anuncios de la radio de onda corta; el sonido monótono del GPS y sus instrucciones sin vida, todo ello le era completamente indiferente. Ahora tenía algo mucho más serio con qué lidiar. Algo que, a pesar de la tremenda magnitud y sus espantosas implicaciones, le proporcionaba una cierta calma: Estaba loca o al menos en proceso de estarlo. Ahora todo tenía sentido. Las alucinaciones, las vivencias horribles, todo aquello no había sido sino parte de un intermitente proceso sicótico. Ahora podía darle un nombre y eso la tranquilizaba. Sí, con casi total seguridad, sería responsable de la muerte de dos mujeres inocentes, pero, en su defensa, no tenía ni el más mínimo recuerdo, ni la más remota intención consciente de sus actos.

Estos pensamientos ocupaban la mente inquieta de Isabelle mientras sus ojos se perdían en las luces incipientes de la gran urbe angelina. Incluso la luna estaba con ella en su eterno e ineludible espejo nocturno.

- *"Miller, me parece que nos vienen siguiendo".*

- *"¿Estás seguro?"*

- *"Ese Corvette negro ha estado justo detrás de nuestro trasero todo este tiempo".*

La conversación abrupta desbarató el hilo de ideas con que Isabelle se entretenía en su traslado a la prisión conocida.

¿Alguien los seguía? ¿Los seguían a ellos en tanto policías o la seguían a ella en tanto… alguien totalmente anónimo? No tenía ningún sentido que le estuvieran al acecho ¿a ella? ¿a Isabelle Henderson?

- *"«Dispatch», aquí unidad 33, reportando un 11-55, con 11-54, negro modelo a determinar, cambio".*

Isabelle conocía de memoria todos los códigos radiales policiales. Un vehículo sospechoso detrás de la unidad.

La voz electrónicamente gangosa replicó con algo que parecía ser un tono femenino.

- *"¿Reportan un potencial 11-55? cambio".*

- *"Afirmativo, solicitamos un 10-96... cambio".*

- *"Proceda, cambio".*

- *"Alfa, Sierra, Mike, Delta, 0, cambio".*

- *"10-9, cambio".*

- *"Alfa, Sierra, Mike, Delta, 0 ¡Carajo!"*

- *"¿Es una «Fancy plate»? Cambio".*

- *"¡No lo sé!"*

- *"10-4".*

Mientras Miller esperaba el reporte del auto potencialmente peligroso, comenzó a acelerar gradualmente mientras intentaba realizar giros inesperados aquí y allá.

Las sirenas se despertaron y el rojiazul faro de la ley se encendió en su versión más tecnológica.

El perseguidor emulaba cada movimiento como si esperara un verdadero desafío vial. Se le veía preparado para eso y más. Aceleraba el uno y aceleraba el otro.

LA LIGA DEL HORROR, CAPÍTULO 1: "PERVERSA"

En un santiamén, aquella era una verdadera persecución invertida.

Isabelle no podía decidir si estaba asustada o divertida hasta que Miller le hizo saber la gravedad del asunto.

- *"¡Sujétate fuerte, Isabelle!"*

Acto seguido, una serie de maniobras de la patrulla convirtieron aquello en una verdadera persecución al más puro estilo de Hollywood. Entre tanto zangoloteo, la inoportuna y en este caso inútil voz del *"dispatch"* interrumpía la concentración de Miller.

- *"No hay 10-96, unidad 33, cambio".*

- *"¿Qué me quieres decir, «dispatch»? ¿qué es una placa falsa? Cambio".*

- *"No, que no hay 10-96. Aparece en el registro, pero no dice ni a nombre de quien, ni dirección, ni nada".*

La sorpresa de Miller por poco le hace perder la recta y salirse del *"freeway"*. ¿Cómo *"mierdas"* era eso posible?

La unidad era ya un bólido tratando de evadir al perseguidor. Un giro a la derecha, otro a la izquierda. El pie sobre el acelerador. Y el auto negro como una sombra.

Isabelle, quien daba un tumbo a la izquierda y luego a la derecha a razón de una fuerza centrífuga que le revolvía el estómago y las ideas, pensaba, entre mareos: ¿Y si fuera una sombra? ¿La perseguían a ella o al carro patrulla? Encima de todo, ese auto no parecía de este mundo.

Al escuchar la sorprendida voz femenina del *"dispatch"* ella misma se confundía ¿estaría teniendo otro brote como los que seguramente experimentó cuando cometió esos asesinatos horrendos de los que no tenía memoria alguna?

El brusco, violento vaivén del vehículo no hacía sino desbaratarle aún más la realidad. Entre curvas improvisadas, el impulso en el respaldo del asiento a causa de la aceleración constante, los gritos de Miller *"¡Sujétate, Isabelle!"* y el funesto auto que les pisaba las defensas con alguna intención desconocida, la pobre chica cerró los ojos empleando esa artimaña que tan bien le había funcionado en los momentos de locura criminal. Los apretó tan fuerte como pudo y gritó.

Miller y su compañero voltearon automáticamente hacia atrás perdiendo la perspectiva frontal por averiguar por qué Isabelle bramaba de esa manera. Justo en ese instante un muro se les venía encima convirtiendo la unidad en un blanco perfecto entre el automóvil verdugo y el obstáculo que tenían enfrente.

LA LIGA DEL HORROR, CAPÍTULO 1: "PERVERSA"

De no haber sido porque oportunamente la forense abrió los ojos y se percató del inminente fin de la carrera en la sólida pared, lanzando un sonorísimo *"¡Cuidado, Steve!"*, Miller no hubiera reaccionado pisando el freno con tal violencia que la potencia de los cuatro *"super boosters"*, uno para cada rueda, con los que el departamento de policía de Los Ángeles había dotado a todas sus unidades, no habría dejado la parte frontal del vehículo negriblanco a dos pulgadas de la tragedia sino directamente estampado y probablemente destrozado en ese muro.

Inmediatamente, al microsegundo del frenón, los tres tripulantes esperaban el espantoso impacto, por la parte de atrás, de quien fuera quien los perseguía. Pero no ocurrió. No hubo tal. No hubo nada. El vehículo infernal simplemente se desvaneció en el aire. Nadie los perseguía. Sólo sus fantasmas… y la noche.

Steve Miller seguía aferrado, con ambas manos ancladas al volante, como si no quisiera dejar ir el impulso mismo, cortado al toque, inusitadísimamente.

Su compañero sujetaba el tablero del copiloto y colgaba entre esa parte del interior de la patrulla y el cinturón de seguridad.

Isabelle, cerrados ambos puños, hacía contrafuerte imaginario al envión que aún le resorteaba el cuerpo, adelante, atrás, mínimamente, desvaneciéndose rápidamente, menos en su corazón que era ya un taladro punzante.

Luego de unos segundos en los que los tres esperaron por la total inmovilidad de ese momento, Miller, por más reacción, dio tremendo golpe, con aquellas dos masas negras que tenía por puños, sobre el resentido volante que tembló casi hasta desvalijarse, ante semejante impacto.

- *"¿Pero, qué mierda?"*

Su compañero y la misma Isabelle fijaron sus miradas ahora más aterradas en el hombrón que se descontrolaba.

- *"Tranquilo, «partner»".*

Definitivamente conocía a Steve Miller porque esas dos palabras fueron suficientes para liberar en él y de paso en la chica, los suspiros aliviadores que venían acumulándose desde antes de que acabara, tan abruptamente, aquella loca carrera.

- *"Unidad 33, responda, cambio".*

Así les despertaba la voz monótona del *"dispatch"* de la catatonia mental en que las tres infelices víctimas de la persecución, tal vez imaginaria, se encontraban.

LA LIGA DEL HORROR, CAPÍTULO 1: "PERVERSA"

Ante la falta de reacción efectiva del sargento Miller, su compañero se aprestó a responder.

- *"Aquí, unidad 33, cambio".*

- *"Reporte su 10-97, cambio".*

- *"Código 4, sin reporte, cambio y fuera".*

- *"Cambio y fuera".*

El camino al departamento de Isabelle desde aquella lejanía desconocida fue lento, penoso. Era seguir la ruta del GPS y husmear visualmente por el maldito auto fantasma.

Acompañaron a la chica hasta su hogar asegurándose de que entrara. Una vez ahí, Miller programó el monitor de tobillo estableciendo un muy breve radio de movilidad.

- *"Lo siento Isabelle, es protocolo. Aquí entre nosotros, estoy seguro de que debe tratarse de un error. Verás que todo se aclara y vuelves al trabajo antes de que te des cuenta. He pedido la guardia nocturna de esta noche, más que para vigilarte, por tu propia seguridad. Para serte sincero, todo esto es muy extraño, atípico totalmente, en mi opinión".*

Eran palabras amables, cierto, pero a Isabelle le recordaban su lamentable situación.

Una expresión de pena, vergüenza y miedo combinado le desdibujaron ese rostro tan armonioso que poseía. Miller lo notó.

- *"¡Anímate, muchacha! Nadie en la fuerza, cree que seas una asesina serial. Estaré afuera. Trata de descansar".*

Así se despidió y así salió del departamento el corpulento sargento seguido de su compañero, cuyas palabras *"Que pase buenas noches, señorita"* fue lo último que Isabelle escuchó antes de cerrar la puerta.

De cualquier manera y en cierta forma, saber que aquellos dos hombres se instalarían en la patrulla estacionada justo enfrente del principal acceso a su edificio de departamentos, le tranquilizaba.

Por una parte, a nadie ajeno se le permitiría el ingreso, pero, y sobre todo, no dejarían que la joven saliera, consciente o inconsciente de ella misma, a cometer más de aquellas espantosas atrocidades.

Se miró el monitor de tobillo alzando ese pie y recogiéndose la campana del pantalón para exponerlo. No le parecía del todo desagradable. Lo tomaría como su ángel de la guarda electrónico.

Por el momento, podía estar tranquila… o al menos, se hacía ilusiones con esa idea. **CONTINUARÁ**

LA LIGA DEL HORROR, CAPÍTULO 1: "PERVERSA"

www.ingramcontent.com/pod-product-compliance
Lightning Source LLC
Chambersburg PA
CBHW021137130626
46554CB00005B/1538